徳間文庫

禁裏付雅帳三

# 戸《と》惑《まどい》

上田秀人

徳間書店

目次

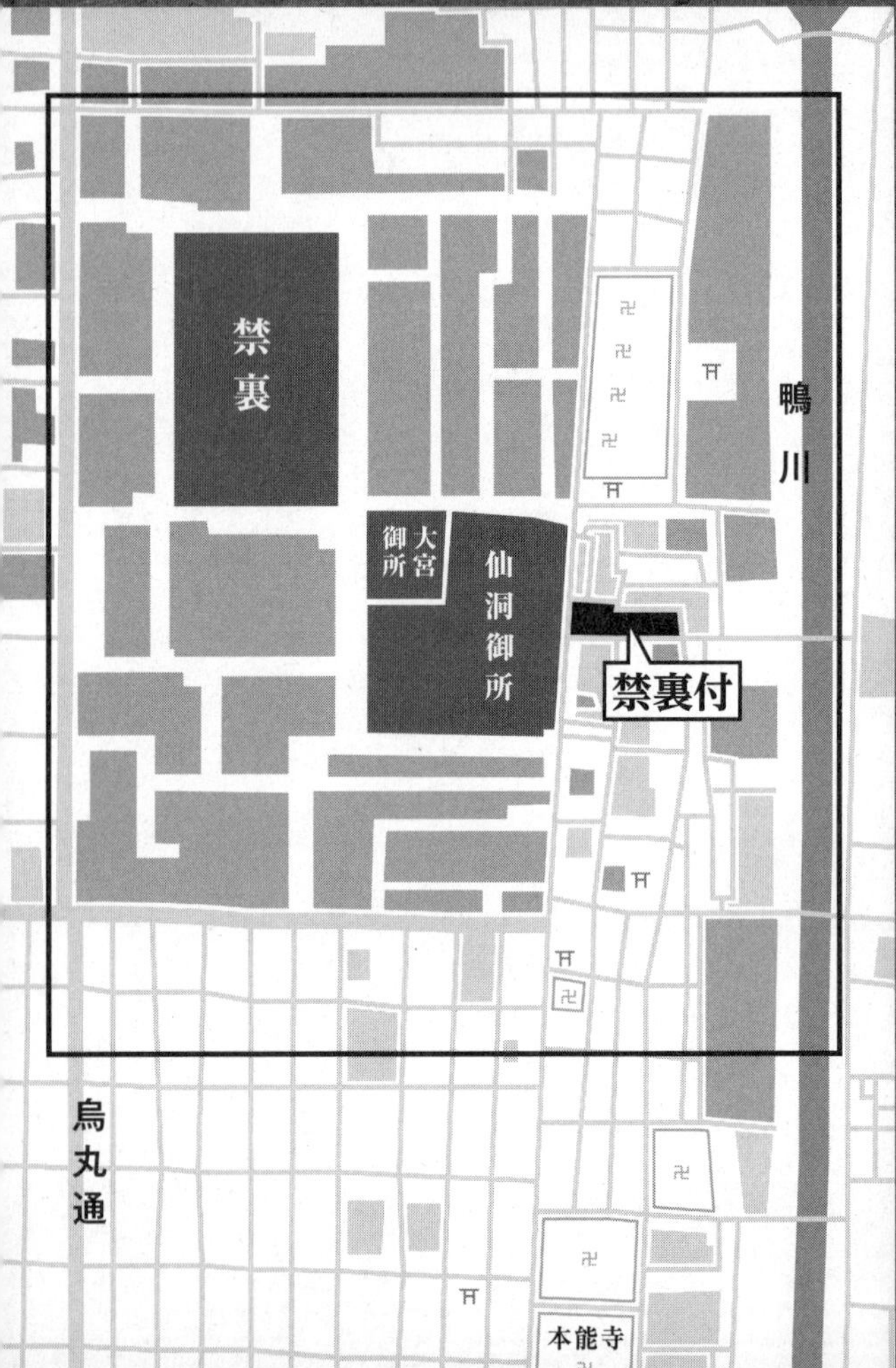
禁裏
大宮御所
仙洞御所
禁裏付
鴨川
烏丸通
本能寺

# 天明　洛中地図

# 天明　禁裏近郊図

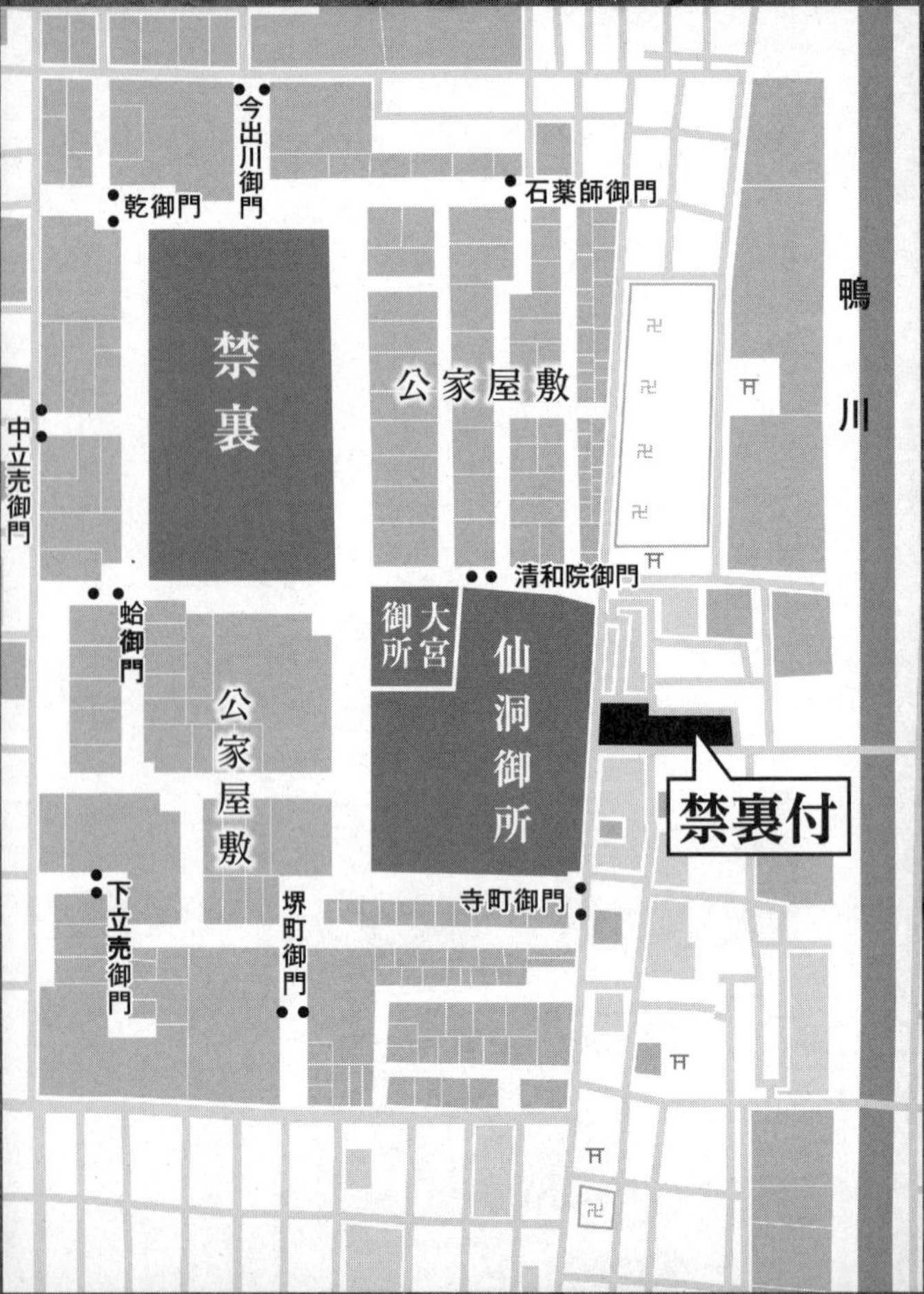

今出川御門
石薬師御門
乾御門
鴨川
禁裏
公家屋敷
中立売御門
清和院御門
蛤御門
大宮御所
仙洞御所
公家屋敷
禁裏付
下立売御門
堺町御門
寺町御門

**禁裏**（きんり）
天皇常住の所。皇居、皇宮、宮中、御所などともいう。十一代将軍家斉《いえなり》の時代では、百十九代光格《こうかく》天皇、百二十代仁孝《にんこう》天皇が居住した。周囲には公家屋敷が立ち並ぶ。「禁裏」とは、みだりにその裡に入ることを禁ずるの意から。

**禁裏付**（きんりづき）
禁裏御所の警衛や、公家衆の素行を調査、監察する江戸幕府の役職。老中の支配を受け、禁裏そばの役屋敷に居住。定員二名。禁裏に毎日参内して用部屋に詰め、職務に当たった。禁裏で異変があれば所司代に報告し、また公家衆の行状を監督する責任を持つ。朝廷内部で起こった事件の捜査も重要な務めであった。

**京都所司代**（きょうとしょしだい）
江戸幕府が京都に設けた出向機関の長官であり、京都および西国支配の中枢となる重職。定員一名。朝廷、公家、寺社に関する庶務、京都および西国諸国の司法、民政の担当を務めた。また辞任後は老中、西丸老中に昇格するのが通例であった。

主な登場人物

東城《とうじょう》 鷹矢《たかや》　五百石の東城家当主。松平定信から直々に禁裏付を任じられる。
温子《あつこ》　下級公家である南條弾正大忠の次女。
三内《さんない》　鷹矢の産まれる前から東城家に仕える用人。
黒田長和《くろだながかず》　禁裏付。伊勢守。鷹矢の先輩にあたる。
徳川家斉《とくがわいえなり》　徳川幕府第十一代将軍。実父・治済の大御所称号勅許を求める。
一橋治済《ひとつばしはるさだ》　将軍家斉の父。御三卿のひとつである一橋徳川家の当主。
松平定信《まつだいらさだのぶ》　老中首座。越中守。幕閣で圧倒的権力を誇り、実質的に政《まつりごと》を司る。
安藤信成《あんどうのぶなり》　若年寄。対馬守。松平定信の股肱《ここう》の臣。鷹矢の直属上司でもある。
津川一旗《つがわいっき》　徒目付《かちめつけ》。松平定信に絶対的忠誠を誓う。
戸田忠寛《とだただとお》　京都所司代。因幡守。老中昇格を目前に冷遇し続ける松平定信を敵視する。
佐々木伝蔵《ささきでんぞう》　戸田忠寛の用人。
近衛経熙《このえつねひろ》　右大臣。五摂家のひとつである近衛家の当主。徳川家と親密な関係にある。
二条治孝《にじょうはるたか》　大納言。五摂家のひとつである二条家の当主。妻は水戸徳川家の嘉姫《よしひめ》。
松波資邑《まつなみすけむら》　雅楽頭《うたのかみ》。二条家の諸大夫として二条治孝に仕える。
広橋前基《ひろはしさきもと》　中納言。武家伝奏《ぶけてんそう》の家柄でもある広橋家の当主。

# 第一章　引き継ぎ

## 一

東城鷹矢《とうじょうたかや》と入れ替わるため、禁裏付《きんりづき》を解かれた西旗大炊介光昭《にしはたおおいのすけみつあき》は、離任の挨拶をするため、公家廻りをしていた。

「この度、江戸より召されて下ることにあいなりましてございまする」

西旗大炊介が、近衛右大臣経熙《このえうだいじんつねひろ》の前に手を突いた。

「聞いておる。長年の尽力、ご苦労であった」

右大臣は関白まであと少しという高い地位である。幕府禁裏付として公家を取り締まる西旗大炊介を下に見て当然の言葉遣いであった。

「お言葉いたみいりまする」

西旗大炊介がねぎらいに礼を述べた。

「立身いたすのかの」

江戸に帰って、何役になるのかと近衛経熙が問うた。

「未だ内意は受けておりませぬが、慣例から遠国《おんごく》奉行のいずれかに補されるはずでございまする」

禁裏付は千石高である。一千五百石高が多い遠国奉行になれれば、出世といえた。なにより、余得のまずない禁裏付と違い、赴任地では領主同然の力を発揮できる遠国奉行には、いろいろな役得があった。

「遠国か、それはまた怖ろしいことよな」

近衛経熙が眉をひそめた。

京に絶対の思いと優位を持つ公家たちにとって、遠国がどこであろうが、そこは文化の欠片《かけら》もない野蛮な地であり、都落ちであった。

「右大臣さまに、お願いがございまする」

西旗大炊介が、声を一層真剣なものへと変えた。

「麿に手伝えることかの」

ほほえみながら近衛経熙が首をかしげた。

「右大臣さまのお力で、わたくしめを長崎奉行へとご推挙いただきたく」

額を床に押しつけて、西旗大炊介が願った。

長崎奉行はオランダ、清国《しんこく》との交易を一手に握る。異国の船や唐物《からもの》商人からの付け届けなどの余得が多く、一度やれば三代裕福とまで言われていた。

「長崎奉行か……なかなかの人気じゃそうだの」

近衛経熙もそのことを知っていた。

「なにとぞ。もちろん、わたくしが長崎奉行になりましたならば、右大臣さまへのご恩は末代まで忘れませぬ」

西旗大炊介が、うまくいけば報酬を支払うと暗に告げた。

「無理を申すな。麿は右大臣とはいえ、公家であるぞ。幕府の人事に口出しできようはずはない」

近衛経熙が首を横に振った。

「なにを仰せられまするか。右大臣さまは、将軍家の岳父。右大臣さまの推挙を、幕府が拒めようはずはございませぬ」

西旗大炊介が、おもねるように言った。

「義理じゃ。それも薩摩《さつま》から頼まれてのな」

頰をゆがませて、近衛経熙が手を振った。

十一代将軍家斉《いえなり》は数奇な運命に翻弄された将軍の一人であった。もともと御三卿一橋《ひとつばし》家の嫡男だった家斉に十一代将軍の座が転がりこんだのは、十代将軍家治《いえはる》の世継ぎ家基《いえもと》が変死したお陰であった。

品川へ狩りに出かけた家基は、寺で休憩をした直後から体調を崩し、手当てのかいなく死去してしまった。一人息子を失った家治は激しく気落ちし、新たな子供を儲《もう》けることもなく、病に倒れた。当然将軍継嗣の問題は起こるが、御三卿のうち清水家は他の二家よりも格下のため遠慮、一橋より兄になる御三卿田安家は、適当な人材がないということで、家斉に白羽の矢が立った。

御三卿の嫡男から将軍継嗣へと大出世した家斉には、一つ問題があった。

家斉の許嫁《いいなずけ》である。家斉には、まだ一橋家の嫡男のときから、婚姻を約した相手がいた。その相手が問題になった。

家斉の許嫁が、外様《とざま》の雄薩摩島津家の姫であったからだ。

すでに関ヶ原から百八十年近くが過ぎ、譜代、外様の区別も意味のないものになっていた。どころか、外様の大藩である島津や前田、伊達《だて》に徳川の血が正室、養子として送りこまれ、敵対者から一門へと変貌している。

でなければ御三卿の世継ぎに薩摩の姫などありえない。婚姻が決まったときには、なんの反対もなかったのに、それが将軍のものになったとたん、文句を言う者が出た。

「将軍家の正室に外様の姫を迎えるなど論外である。もし、この姫が男子を産めば、次の将軍の外祖父に島津がなるのだぞ」

御三家、譜代大名の一部の言いぶんは正論であった。

「なにより、将軍家の御台所《みだいどころ》は、五摂家あるいは宮家の姫と決まっている」

これも慣例であった。三代将軍家光《いえみつ》以来、すべての将軍の妻は宮家か五摂家の出であった。

「徳川の、将軍家の伝統を守る。家斉公にはふさわしい御台所を用意すればいい」

反対する者たちは気炎を揚げた。

「すでに婚約をすませ、一橋館へ住まいを移した娘を返されては、面目がたたぬ」

薩摩島津家の八代当主重豪《しげひで》は、その矜持《きょうじ》をかけて、娘の嫁入りを後押しした。

「ならば、五摂家の姫にするまでよ」

重豪は、薩摩家とつきあいのある近衛家へ莫大な貢ぎ物を贈り、娘を近衛家の養女に仕立て上げた。

「………」

五摂家筆頭近衛家の養女には、文句が付けられない。篤《あつ》という名前を近衛寔子《ただこ》に変えた島津の姫は、こうして家斉の正室に納まった。

「何卒お力添えを」

このときのことを西旗大炊介は言っていた。

「考えておく」

さらに頼みこむ西旗大炊介に、近衛経熙が適当な返答をした。

「では、達者での」

それ以上の会話を嫌って、近衛経熙が西旗大炊介を追い返した。

「まったく、礼をつくさぬ輩《やから》とはつきあえぬ」

一人になった近衛経熙があきれた。

「麿の後押しが欲しいならば、まず、挨拶の金を持ってくるのが筋。だから、武家はものを知らぬ。頼みごとをするならば、最初に半金、ことがなったあとで残り半金が常識である。麿をただ働きさせようなど、無礼にもほどがある」

成功報酬といった西旗大炊介を近衛経熙はこき下ろした。

「あのていどの輩が禁裏付という重職に就いていた。幕府もよほど人がおらぬと見える。あの愚か者の後に来る者がさほどの男でなければ、徳川もそろそろ寿命だの。ふふふ、幕府と薩摩、両極と親しい麿じゃ。動きかた次第では、おもしろいことになるやも知れぬ。公家初の一万石でも狙ってみるか」

近衛経熙が、口の端《は》を吊り上げた。

旅は辛《つら》い。

江戸と京都を往復したうえ、もう一度東海道を上らなければならなくなった東城鷹矢は、しみじみとそれを感じていた。

「やっとか」

逢坂《おうさか》の関をすぎ、粟田口《あわたぐち》に立った鷹矢は、ため息を吐《つ》いた。

「遠かった……」

江戸から京まで通常十日ほどかかる。箱根の険、大井川の渡しなどの難所で、思わぬ手間を取るときもある。他に雨が降るだけでも旅の難度は一気にあがる。幸い、今回は濡《ぬ》れずにすんだが、いい加減草鞋《わらじ》の紐《ひも》が足に食いこんで痛かった。

「殿さま、そろそろ」

供している小者《こもの》が感慨に浸っている鷹矢を急《せ》かした。

「ああ。わかっておる」

否が応でも旅慣れさせられた鷹矢と違い、小者たちは初めての経験である。足に豆を作り、荷物の重さを肩に感じながらの旅は、江戸にいては生涯見ることのできない富士や熱田の宮などを目にできたとはいえ、決して楽しいものではなかった。

「まずは、所司代《しょしだい》屋敷へ」

京の都は京都所司代の管轄になる。江戸から赴任してきた役人は、まず京都所司代へ挨拶に出向くのが慣例であった。

そこで前任者との引き継ぎをおこない、晴れて赴任となる。いや、それをしないと禁裏付に与えられる屋敷へ入ることができなかった。

「ここから所司代屋敷まで、一刻《いっとき》（約二時間）ほどだ。あと少し、気を張れ」

鷹矢は小者たちを励ました。

二条にある所司代役屋敷は、公家たちへの威圧もこめて八千八百坪余りという広大なものであった。

「禁裏付を命じられた東城典膳正《てんぜんのしょう》である。所司代さまへ、お目通り願いたい」

格式のため草津の問屋場から借りていた馬から降りて、鷹矢は名乗った。

「承って候。しばし、お待ちあれ」

所司代役屋敷の門を警衛している同心が、なかへと報せに入った。

「……因幡守《いなばのかみ》さまが、お会いになる。こちらへ」

ほどなく戻って来た同心が、鷹矢を案内した。

「そなたたちは、ここで待っておれ」

屋敷の門を潜《くぐ》った左には、供待ちと厩《うまや》があった。鷹矢は供たちにそこでの待機を命じると、一人玄関をあがった。

京都所司代は、老中への一つ前である。同じように老中への繋《つな》ぎとなる、大坂城代、若年寄よりも格上とされていた。大坂城代、若年寄から京都所司代への異動はあるが、京都所司代には、老中か隠居のどちらかしかなかった。

その役目は、朝廷の監視、管理の他、近畿における幕領の監督、西国大名の監査と広範囲にわたる。とはいえ、泰平の世、朝廷と幕府は蜜月とまでいわなくとも、敵対ではなく、幕領の監督も現場を預かる代官たちが主となっており、牙を抜かれた西国大名など見張るだけの意味もない。

京都所司代は、実質することのない名誉職へとなりはてていた。

することがない。こうなれば上を目指す者のやることは決まってくる。どうやって早く老中へ出世するかだけを考えるようになる。

京都所司代戸田因幡守忠寛《ただとお》も同じであった。

いや、戸田因幡守はもっと質《たち》が悪かった。

戸田因幡守は、先の老中田沼主殿頭意次《たぬまとのものかみおきつぐ》の一派であった。田沼主殿頭におもねることでここまで出世した。しかし、十代将軍家治の死とともに、田沼主殿頭は権力の座を追われた。水野出羽守《でわのかみ》忠友、松平周防守康福《すおうのかみやすよし》ら、田沼主殿頭引き立ての老中たちが、松平越中守定信《えっちゅうのかみさだのぶ》による粛清で、続けて役目を追われるなか、一人遠隔地にいたお陰で、京都所司代の地位を失わずにすんでいた。

とはいえ、戸田因幡守の京都所司代は五年目になる。老中へ進んでいく京都所司代のほとんどが三年ほどで江戸へ戻っているのに比して長い。事実、戸田因幡守の前任、牧野貞長は三年、そのさらに前の久世広明《ひろあきら》が四年で老中になっている。対して、三代前の京都所司代土井利里は八年の長きにわたって在任し、そのまま客死していた。なにより、今の老中部屋は田沼主殿頭の政敵松平越中守定信の手にある。戸田因幡守の状況は厳しい。

「過日は、ご尽力をいただきかたじけのうございました」

まず鷹矢は礼を述べた。

先日、鷹矢が公儀御領巡検使として、山城国を巡察中、刺客《しかく》に襲われ、それを撃退した。その後始末を、鷹矢は近畿の幕領を監督する京都所司代戸田因幡守へ押しつけて、江戸へ帰っていた。

「いや」

短い言葉で、戸田因幡守は鷹矢の謝罪を流した。

「そなたが禁裏付になったのか」

戸田因幡守が確認した。

「さようでございまする」

鷹矢は首肯《しゅこう》した。

「なにを考えているのだ、執政の衆は。公家どもは狐狸《こり》妖怪よりも始末に悪いのだぞ。それの相手を、このような若僧にさせるなど……」

あきれはてた顔で戸田因幡守が、嘆息した。

「……………」

あからさまな態度の戸田因幡守に、鷹矢は鼻白んだ。

「まあよい。そなたが失策を犯したならば、その責は任命者にある。余ではない」

戸田因幡守が、続けた。

「役屋敷の一室を与える。引き継ぎは明日にいたせ」

「はっ」

直属ではないが、京を取り仕切る所司代の指示には従わねばならない。

「明日の昼四つ（午後十時ごろ）、現任の西旗大炊介を呼んでおく。余は立ち会わぬゆえ、二人ですませよ」

「ご手配感謝いたしまする」

鷹矢は頭を下げた。

　禁裏付は老中支配である。京都所司代には引き継ぎに立ち会う義務はない。とはいえ、管轄地である京での出来事である。慣例として立ち会うのが普通であった。

「下がってよい」

　話は終わりだと、戸田因幡守が手を振った。

　京都所司代役屋敷には、京へ赴任してきた者、遠国へ赴任していく者を宿泊させるための長屋があった。とはいえ、屋根と床を提供するだけに近く、食事はもとより夜具の用意さえなかった。

「夜具は、持参しておりますが、さすがに米味噌はございませぬ」

　小者が困惑した。

　遠国への赴任は、すべて持参が決まりであった。もっとも遠いとされる長崎奉行でも、江戸から夜具や使用する家具、米、味噌などを運んでいく。

　とはいえ、長崎奉行のように赴任の手当金が出るわけではない禁裏付に、そんな贅《ぜい》沢《たく》はできなかった。

　かさばるとはいえ軽い夜具だけは、人数分持って来ていたが、米や味噌、煮炊きに使う薪《まき》などは重すぎて、運んでいなかった。

「やむを得ぬ。次郎太《じろうた》、そなた門番に尋ねて、飯と菜を買って来てくれ」

鷹矢は従者の一人に金を渡した。

「…………」

土地勘のないところで、いきなりの使いである。次郎太と呼ばれた小者が不安そうな顔をした。

「わかった。付いてこい」

ため息を吐いた鷹矢は、腰をあげた。

「この道をまっすぐ東へ行かはったら、旅籠《はたご》が並んでるところに出ます。そこで分けてもらいはったらよろしいかと」

門番小者が鷹矢の頼みに、そう言って答えた。

「助かる」

鷹矢は手をあげて謝辞を示し、次郎太を連れて夕暮れ迫る京へ出た。

「よく見ておけ。どこに店があるかをな」

使いのたびに鷹矢が出向くわけにはいかなかった。

「へい」

次郎太が素直にうなずき、周囲を見回しながら、後を付いてきた。

「このへんだな」

日暮れ前ほど旅籠は出入りが多くなる。旅をする者は、誰でもぎりぎりまで足を延ばし、一泊でも減らし、少しでも費用を節約しようと考えるからだ。

「お客さま、どうぞ、今夜お泊まりやすな」

柔らかい口調で、客引き女中が鷹矢に近づいてきて、一瞬戸惑った。

「……えっ、お荷物は」

「すまんな。泊まり客ではないのだ」

女中の驚いた顔に、鷹矢は苦笑した。

「泊まる場所はあるのだが、食事がなくての。京にはついたばかりで、どこで夕餉《ゆうげ》が摂《と》れるかわからぬのでな。旅籠に頼めば飯くらいなんとかなるだろうと」

鷹矢が説明した。

「さようでおましたか」

聞いた女中が落ち着いた。

「握り飯と漬けものでよい。そなたの宿で、用意してくれぬか」

さりげなく鷹矢は、四文銭を五枚女中の手に置いた。

「これは真鍮《しんちゅう》四文銭……本物……」

女中が手のなかにある銭を見て驚いた。

真鍮四文銭は、二十年前の明和五年（一七六八）に江戸の銭座で鋳造が始まったばかりである。江戸では十分通用していたが、まだ上方《かみがた》でよく見かけるほど行き渡ってはいなかった。真鍮四文銭と言われるように、普通の銭よりも黄色味を帯びているのが特徴であった。

「本物じゃ。吾は江戸の旗本よ」

鷹矢は身分を告げて、銭を保証した。通貨の鋳造は天下人の特権であるが、いつの時代も通貨の偽造は防げない。庶民だけでなく、大名なども金属の割合を落とした偽金を製造している。質が悪いため、重さや形に違和があり、慣れた者なら一目で見抜いた。

このていどの偽造通貨でも通用したのは、正規の銭が十分にないからであった。鐚《びた》銭《せん》や偽造通貨は、その質で通用価値が変わり、見た目は同じ寛永通宝ながら、酷いものは一文、できのいいものは二文などとして使われていた。

「お、お待ちを。帳場に聞いて参りますよって」

女中が銭を帯の隙間に押しこんで、旅籠へと入っていった。

「はあア」

あざやかな鷹矢の手口に、次郎太が感嘆していた。

「旅も三度目だ。慣れるわ」

鷹矢が苦笑した。

「何人分ご用意をいたせばよろしゅうございますので」

女中が戻ってきた。

「五人分、できれば今夜と明日朝と二食分欲しい」

「どうぞ、なかでお待ちを」

求めた鷹矢に女中がうなずき、宿の板の間へ案内した。

「白湯《さゆ》を持ってお出で」

板の間には番頭らしい落ち着いた中年の男が控えていた。

「邪魔をする」

「いえいえ。お気になさらず」

「宿に泊まらず、無理を言った」

　握り飯だけでは儲けが少ないだろうと、鷹矢は気遣った。

「いえいえ。御上《おかみ》のお定めで京は、旅籠といえどもお客さまを一夜しかお泊めできまへん。食事だけのお方でも、ありがたいので」

　番頭が手を振って、鷹矢の詫《わ》びを不要だと告げた。

「御上が連泊を禁じているのか」

「へえ。京は主上がおいやすから、浪人者や怪しげな連中を近づけるわけにはいきまへん。滞在の長い商人の方々は別ですけど、それでも定宿を作るまでには何年もの実績が要りますよって、まず旅のお方は一夜限りで」

　驚いた鷹矢に番頭が答えた。

「なるほどの」

　鷹矢は納得した。

「できました」

　そこへ女中が握り飯の包みを胸に抱えるようにして持って来た。

「一つ包みに握り飯が三つと漬けものが入っております」

女中が説明した。

「助かる。番頭、値はいかほどだ」

次郎太が包みを受け取っている間に、鷹矢は勘定をすませた。

「拙者、東城鷹矢と申す。このたび禁裏付として京に参った」

「これは、禁裏付さまでございますか。それはおみそれをいたしまして」

番頭があわてて頭を下げた。

「かまわぬ。これからも世話になるかも知れぬ。よしなに頼むぞ」

明日には禁裏付の役屋敷を受け取れるが、生活の準備はとても一日やそこらでは整わない。いきなり明日の昼飯に困ることにもなりかねなかった。

「畏れ多いこって。わたくしどもにできることなら、いつでもお申し付けを。お使いをいただけましたら、飯と汁と菜くらいならば、お屋敷までお届けにあがりまする」

番頭が仕出しも請け負うと述べた。

「助かる。ではの」

釣りをわざと残して、番頭への心付けにし、鷹矢は所司代役屋敷へと帰った。

二

翌朝、指定された刻限に、西旗大炊介が所司代役屋敷へとやって来た。すでに手甲脚絆をつけており、引き継いだ後はすぐに旅立つつもりだと見えた。

「因幡守は多用につき、わたくしが主に代わりまして」

戸田因幡守の用人佐々木《ささき》が立ち会った。

「先日は、お世話になった」

公儀御領巡検使として所司代役屋敷に来た鷹矢の面倒を佐々木が見てくれた。とはいえ、相手は戸田因幡守の家臣で陪臣《ばいしん》になる。いかに京都所司代の懐《ふところ》刀《がたな》とはいえ、身分をこえた対応を、西旗大炊介のいる前ではできなかった。

「お気になさらず。では、引き継ぎをお願いいたしまする」

さっさとすませてくれと佐々木が急かした。

「では、西旗大炊介光昭、本日この刻限をもって禁裏付を離任いたす」

「承った。ただいまより禁裏付のお役目、この東城典膳正鷹矢がお受けいたす」

二人が顔を見合わせて告げた。

「立会人戸田因幡守家来佐々木伝蔵《でんぞう》、確認いたしましてございまする」

佐々木が引き継ぎの終了を宣言した。

「では、わたくしはこれで」

用はすんだと佐々木が席を立った。

「大炊介どの、なにか気に止めておくべきことなどございましたら」

先達として注意するべき点はないかと、鷹矢は問うた。

「禁裏付のお役目は、ただ一つでござる。それはなにもせぬこと」

「なにもせぬ……でござるか」

鷹矢は驚いた。

「左様。朝廷、いや、公家衆は二年や三年、京に在しただけの我らにはわかりませぬ。その奥底どころか、水面《みなも》を走る波紋の数を数えることさえできませぬ。公家には公家のやり方がござる。それに手出しするのは、朝幕の間に亀裂を作りかねませぬ」

「ご説でござるが、禁裏付は朝廷の安寧を維持し、法度《はっと》違反があればそれを糺《ただ》すのがお役目でございましょう」

「それは、名目でござる。まあ、ご貴殿もすぐにおわかりになられよう」

「はあ……」

西旗大炊介の話に、鷹矢はなんともいえない顔をした。

「他にはございまするか。与力、同心どもはどのように」

鷹矢は禁裏付の配下について尋ねた。

「挨拶だけ受けておけばよろしい。あやつらはなにもしませぬでの」

「えっ……」

鷹矢は唖然《あぜん》とした。

「当然でござろう。禁裏付にすることがないのだ。与力、同心に仕事があるはずはなかろう」

西旗大炊介が淡々と述べた。

「…………」

鷹矢は、松平越中守定信から命じられた役目との落差に、言葉を失った。

「そうそう、一つ、典膳正どのにお願いがござる」

黙りこんだ鷹矢に、西旗大炊介が声をかけた。

「……わたくしに頼みごとでございまするか」

鷹矢は首をかしげた。

「いかにも。少し、側《そば》へ寄らせていただこう」

そう言って、西旗大炊介が膝を詰めた。

「典膳正どのは、妻帯なさっておられるか」

「いいえ」

ずいぶんと私《わたくし》の話を訊《き》くなと不思議に思いながら、鷹矢は答えた。

「さようか。でもまあ、よろしかろう」

なにやら一人で納得した西旗大炊介が、声をひそめた。

「女を一人、お譲りしたい」

「はああ……」

小声で言われた内容を、一瞬、鷹矢は理解できなかった。

「どういうことでございましょう」

鷹矢はあわてて聞き直した。

「ご説明申そう」

西旗大炊介がうなずいた。

「遠国勤務は、家族を連れていけぬのが決まり」

「はい」

これは鷹矢も知っていた。

「ただ、禁裏付は妻子を伴っての赴任を認められておりまする」

「それは知りませなんだ。拙者独り者でござって」

初耳だと鷹矢は驚いた。妻帯していない者に、妻を連れて行けるという話などするはずもなかった。

「とはいえ、妻子を連れての京暮らしは窮屈でござる。妻などいてもなにもいたしませぬし、嫡男は江戸で学問所へ通わさねば家督を継げませぬ。実態は京への引っ越しを妻子は嫌いまする」

西旗大炊介が続けた。

「そこで単身で京へ参ったのでござるが……」

一拍、西旗大炊介が置いた。

「……………」

鷹矢はなにが言いたいのかと目で先を促した。

「だからといって、禁裏付は高位の役目。五位の諸大夫《しょだいぶ》に任じられる。諸大夫が、夜な夜な木屋町《きやまち》や祇園《ぎおん》という遊び場をうろつくわけにも参りますまい」

黙った鷹矢を無視して、西旗大炊介が続けた。

「とはいえ禁裏付も生身でござる。どうしても欲というものがでまする。ずっと辛抱もなりませぬ。そこで現地で、まあ、そういった相手を求めるわけで……」

いささか外聞の悪い話になった。西旗大炊介の語尾が弱くなった。

「京にはそういった女を世話してくれる者がおりまする。ああ、もちろん、変な女ではございませぬぞ。ちゃんと身許の知れた女でござる」

「はあ」

あいまいな相づちを鷹矢はした。

「相手は……公家の姫でござるぞ」

「な、なにを……」

一層声を小さくした西旗大炊介が口にした言葉に、鷹矢は目を剝《む》いた。

「そのようなことがとお思いでござろう」

「いくらなんでも、ありえますまい」

鷹矢は信じられないと言った。

「事実でござる。拙者が面倒を見ていた女は、家名を申しあげるわけには参らぬが、従六位の娘」

「なぜ……」

「喰《く》えぬからでござる。ご存じのとおり、公家は家禄《かろく》が少のうござる。なにせ、五摂家でさえ二千石から三千石内外。清華《せいが》、名家などで八百石から下。以下の公家に至っては、百石内外というのも珍しくはございませぬ」

「………」

事実であった。このていどの知識は鷹矢も持っていた。

「喰えぬ者のすることは同じ。娘を売ること。とはいえ、公家が娘を遊郭に売るわけには参りませぬ。公家たちは実より名を重んじますゆえな。もし、娘が祇園や木屋町で春をひさいでいると噂《うわさ》にでもなれば……官位を奪われるだけではすみませぬ。家ごと潰されましょう」

「それは我らも同じでござるな」

小禄旗本や御家人は、禄だけで喰えず、いろいろ内職をしたり、借財でしのいだりしている。なかには、娘を吉原に沈めた家もあった。もちろん、一旦町屋へ養女に出し、縁を切ったという形を取っているが、目付《めつけ》や徒目付《かちめつけ》に見つかれば、不名誉として改易になった。

当たり前である。庶民の上に立つのが武家である。その武家の娘が、遊女となって名前も知れぬ庶民の男に組み敷かれる。これは身分という壁を鯱《はぜ》させる行為であった。

「なかには商家の囲い者にした例もあるように聞きましてござる。これは、寄寓しているという体《てい》を取るそうで」

寄寓とは居候のことだ。公家が俳句や香道などの修業や指導のため、町屋へ逗留《とうりゅう》することはままある。滞在先でどのように過ごしているかなど、誰もわかりはしない。

「むうう」

「それと同じでござる。拙者のもとにおる女も、表向きは禁裏付に宮中のしきたりを教えるという形」

「…………」

何度目になるか、鷹矢は言葉を失った。

「いかがでござる。歳《とし》は今年で二十二歳でござったか。いささか年増ではござるが、京の水で磨かれた肌は、なかなかのもの。四年の間馴染《なじ》みましたが、衰えるどころか、ますます……」

「江戸へお連れにならぬのでござるか」

力の入っている西旗大炊介に、鷹矢は問うた。

「あいにく、拙者は婿《むこ》でござってな」

西旗大炊介が嘆息した。

「なるほど。それでは難しゅうございまするな」

鷹矢は納得した。

「いかがでござろうか。月の手当はわずかに三両、祇園で一日宴席をすれば、そのくらいはかかりまするぞ」

「せっかくでございまするが、まだ、赴任したばかりで、そのようなことを考える余裕はございませぬ」

はっきりと鷹矢は断った。

「さようか。いたしかたございませぬな」

残念そうに西旗大炊介が首を振った。

「では、これで」

西旗大炊介が、席を立った。

「お疲れさまでござった」

役に立たなかった引き継ぎに、鷹矢は愕然《がくぜん》としながら一礼した。

「ご出立なさいましてござる」

しばらくして佐々木が顔を出した。

「さようでござるか。では、もう役屋敷へ移っても大事ございませぬか」

西旗大炊介がいなくなったこともあり、鷹矢はていねいな口調で尋ねた。

「今、人をやっておりまする。あとしばらくお待ちを」

西旗大炊介の忘れ物などがあってはまずかった。それが金目のものだったりしたら、盗《と》った盗らないと後日の騒動になりかねない。佐々木が鷹矢を留めた。

「あいわかってござる」

鷹矢は同意した。

「おい」

佐々木が背後に声を掛けた。

「…………」

すっと襖《ふすま》が開いて、若い藩士が茶を捧げて来た。

「お供の方たちにも湯茶をお出ししておりまする」

「かたじけない」

ぬかりのない手配をした佐々木に、鷹矢は礼を言った。

「聞こえて参ったのでございますが……」

佐々木がさりげなく話し始めた。

「捨て姫をお断りになられたようで」

「……捨て姫」

鷹矢は怪訝《けげん》な顔をした。

「大炊介さまが言われていた公家の姫のことでございまする」

「捨てというのか」

「はい。家から捨てるという意味でございまする。典膳正さまは、公家にとってなにが一番大切かご存じでございましょうか」

佐々木が問うた。

「官職であろうか」

関白や大納言といった官職は、公家の家柄によって決まっており、その範囲のなかでどこまで上がれるかで、人物の評価が変わった。

たとえば、五摂家の極官は関白である。とはいえ、関白に就けるのは一人、四人はあぶれることになる。もちろん、一人が関白を独占するわけではなく、持ち回りのように数年で交代していくが、なかにはときの天皇のお気に入りとなり、ずっとその地位に居続ける者が出てくる。結果、関白になる前に隠居、あるいは死亡する五摂家の当主がでる。そして、この不幸な人物の評判が落ちるのだ。

「それもございましょうが、なによりも大事なのは血」

「血……血統だと」

「さようでございまする」

鷹矢の答えに、佐々木が首肯した。

「姫とはいえ、血を引く者には違いありませぬ」

「そうだな」

「その姫が、どこの者ともわからぬ男と情をかわして、子を産めば……」

「む……その子も公家の一族になる……」

鷹矢が理解した。

「ご明察でございまする。そこで、貧しい公家衆は娘を売るとき、捨てると称するのでございまする。捨てる、これは、一族という籍からも抜くということ。捨てた姫がどこで子を産もうと、それはまったくの他人」

「なんともはや……」

嫌な話を聞かされたと鷹矢は眉間に皺《しわ》を寄せた。

「いたしかたないのでございまする。百石そこらでいながら、四位。四位といえば、大名ならば薩摩、加賀、伊達、井伊などの大大名、役人でいうならば、老中。それらの方々と対等な面目を維持するなど無理でござる」

「たしかに、そうであろうの」

鷹矢もそこはわかっていた。

江戸には百石五人泣き暮らしという言葉があった。武家で百石の禄ならば、家族五人食べていけないとの意味である。

官位など持っていない下級武士でさえ、食べかねる。官位相当の身形《みなり》を整えなければならない公家が窮迫するのは当然であった。

「その捨て姫のなかで、もっともましなのが、大坂の商人に買われること。身分卑しき商人の閨《ねや》に侍《はべ》らなければなりませんが、高貴な姫として大事にされ、裕福な生活を保証されまする。実家にも相応の援助が出る。次が、京へ赴任してきた役人たちのもとへいかされる姫でございまする。こちらは公家衆ほどではございませぬが、実家とさほど変わらない格式があり、贅沢はさせてもらえなくとも、十分な生活が許されまする」

「…………」

佐々木の話を、鷹矢は真剣に聞いた。

「ただ、役人のもとへ入った姫には、大きな問題が一つ生まれまする。が、それは後でご説明するとして、もっとも悲惨な捨て姫についてて先にお話をいたしましょう」

わざと佐々木が後回しにした。

「言わずともおわかりでございましょうが、遊郭へ捨てられた姫でございまする。これは普通の遊女よりも辛いとか」

「矜持でござるな」

「はい。公家の姫として生まれたにもかかわらず、身分さえわからぬ男に身体《からだ》を開かれ、一日何人もの客を受け入れなければならない。かといって自害はできませぬ」

「なぜでございましょう」

「自害されてしまえば、姫を買った遊郭がたまりませぬ。買った金額を上回るだけの年季を務めず、自害した場合、実家にその責が及ぶのでございまする」

佐々木も嫌な顔をした。

「おかしくないか。捨てるとは実家との縁を切ることであろう。縁がなければ、実家に尻ぬぐいをする責任はあるまい」

鷹矢が疑問を呈した。

「女を買い、その身体を売らせて、金を稼ぐ連中でございますぞ。そのくらいのことは考えておりまする。捨て姫で唯一、遊郭行きが借金証文の形になるのでございまする」

「借金……」

「はい。年季を十年とか十二年とした証文で、なにもなければ時効になる。ただ、なにかあれば、それがものを言う」

「悪辣だな」

「悪所で生きていく連中は、そういうものだとお考えにならねばなりませぬ」

それ以上のことを佐々木は言わなかった。

「さて、先ほど後にと申しました武家相手の捨て姫で問題になるというのは……」

「離任するというのだろう」

鷹矢が答えを口にした。

「さすがでございまする」

佐々木が大仰に褒めた。

「我が殿は捨て姫さまを求めず、そのようなことはありませぬが」

前置きをしてから、佐々木が続けた。

「京都所司代をお務めになられたお大名方のなかには、捨て姫を買われ、そのままお連れになって京を離れられたお方もございまする。このような場合は問題になりませぬが……」

「大炊介どののように、江戸へ連れ帰るわけにはいかぬときが困ると」

「…………」

黙って佐々木が認めた。

「すでに実家からは捨てられており、戻されても今更、どこかへ嫁入るわけにも参りませぬし、花の時期はすでに過ぎております る。あらたな拾い先を見つけるのも困難でございましょう。もちろん、生涯生きていけるだけの手切れ金をお支払いになるお方もおられまするが、ほとんどのお方はわずかな金を渡しただけで、そのまま京へと残して去って行かれまする」

「次を紹介しようとした大炊介どのはまだましだと」

鷹矢は西旗大炊介を少し見直した。

「いいえ」

佐々木が首を左右に振った。

「すでにおられぬお方をどうこう申しあげるのは、いささか無礼ではございますが、あれは典膳正さまへ押しつけて、手切れ金を渡さず、あとの面倒も見ずにすませようとしたのでございまする」

「捨て姫と役人の関係はそういうものではないと」

鷹矢は問うた。

「一度買った姫でござる。離任していくならば、相応のことをいたさねばなりませぬ。姫の一生を預かったのでござるゆえ。とはいえ、江戸へ逃げてしまえば、姫が追うことはできませぬ。女の一人旅など危なくてできませぬし、なにより旅費もない。こうなれば、逃げ得のように見えましょう」

「だな」

　鷹矢はうなずいた。

「それほど公家衆は甘くございませぬ。たとえ、それが姫を捨てねばならぬほど非力な家柄でも、本家筋や婚姻のかかわりをたぐれば、かならずや名門に至りまする。また、公家衆は武家に対するときだけ、一つにまとまりまする」

「…………」

　これからその公家を相手に、松平定信から命じられた将軍家斉の父一橋治済《はるさだ》の大御所称号勅許を勝ち取らねばならぬのだ。鷹矢は表情を引き締めた。

「捨て姫への後始末。これは公家衆への礼儀でもございまする。なにもせずに、まさに捨てていけば、公家衆を舐《な》めたことになりまする。大炊介さまは、しっかり報いを受けましょう」

「報い……」

　わからないと鷹矢は尋ねた。

「大炊介さまの官位を剝奪するとの通知が、後日京都所司代あてへ出されましょう」

「それはっ」

鷹矢は驚いた。

武家の官位は制外、あるいは令外《りょうげ》とされていた。当たり前である。御三家の尾張や紀州は大納言まであがれるが、朝議に出席はしない。なにより将軍家は征夷大将軍《せいいたいしょうぐん》とともに内大臣に任じられる慣習だが、だからといって京へ上がることさえない。武家の官名は名誉だけであり、実質の権威をもたない。

また、武家の官位は幕府がまとめて朝廷へ奏上し、認可を受ける形をとっていた。鷹矢の典膳正もそうである。禁裏付が無位無冠では、公家衆から相手にされない。それでは役目に差し障るので、従五位下典膳正という位を与えられた。幕府からのものに見えるが、これも幕府から京都所司代を通じて武家伝奏《ぶけてんそう》という中継ぎ役の公家へ話が持ちこまれ、朝議を経て認可されたものである。

そう、形式だが、官名の認可は朝廷の専権事項なのだ。これに関して、幕府は朝廷に要請するだけで強制はできない。

与えたものは奪うことができる。

西旗の大炊介という官名を朝廷はいつでも剝奪できた。

「おそらく数日以内に武家伝奏のお公家衆から所司代あてに通達が参りましょう。そして、その通達は、次の御用便で江戸へ届けられまする」

佐々木が淡々と述べた。

「禁裏付をしておりながら、離任直後に官名剝奪の通達が、朝廷から出される。これが意味するところ、おわかりでございましょう」

じっと佐々木が鷹矢を見た。

朝廷相手の役目が、官名を取りあげられる。

執政から見れば、大きな失策をしでかしたとしか思えない。失敗を犯した者を出世させる、あるいは役人として使い続けるほど、幕府は優しくはない。なにせ、人手不足どころか、余っている。

「………………」

西旗大炊介の運命を思って鷹矢は言葉を失った。

「佐々木どの」

襖が開いて、先ほどの藩士が声をかけた。

「どうやら、役屋敷の用意が調ったようでござる」

佐々木が述べた。

「では、この者がご案内をいたしまする」

藩士の後についていってくれと佐々木が言った。

「お手数をおかけした」

鷹矢は軽く頭を下げて、立ちあがった。

「典膳正さま」

「まだ、なにか」

座敷から出かけていた鷹矢は、佐々木の呼び止めに振り向いた。

「わたくしが長々と申しました意味、お察しくださいますよう」

佐々木が手を突いた。

三

京都所司代役屋敷を発《た》った鷹矢一行を見送った佐々木が、主戸田因幡守のもとへ伺候した。

「行ったか」

「はっ。大炊介さま、洛中を出られ、典膳正さま、禁裏付役屋敷へお入りになりました」

佐々木が報告した。

「…………」

無言で戸田因幡守が顎をしゃくり、先を促した。

「大炊介さま、捨て姫を典膳正さまに押しつけようとなさいましたが断られ、そのまま捨てていかれましてございまする」

「最後まで役立たずであったな」

戸田因幡守があきれた。

「典膳正をどう見る」

「青いと」

佐々木が鷹矢を経験不足だと評した。

「とても公家衆の相手はお務まりになりますまい」

用人は家老ほど身分は高くないが、実力で抜擢《ばってき》される役目である。佐々木の人物眼はたしかなものであった。

「そのことに越中守が気づかぬはずはない」

「………」

陪臣の身分でさすがに老中首座のことを悪し様《あざま》にはできない。佐々木は黙った。

「あやつを禁裏付にしたたには、なにか理由があるはずだ」

戸田因幡守が佐々木を見た。

「その裏を探れ。ことによっては、余が越中守を押さえる材料になるやも知れぬ」

「承知いたしましてございまする。伝手《つて》は作っておきましたゆえ」

佐々木が主君の命を引き受けた。

「伝手とはなんだ」

「大炊介さまの思惑を解き明かし、さらに捨て姫への注意をいたしましてございまする」

訊かれた佐々木が答えた。

「なるほどな。先人としての助言を与えたか。人は助けてくれた相手を頼るものだな」

「仰せのとおりでございまする」

佐々木が首肯した。

「親切にしてくれた者が、かつて山城国で襲撃したとは思わぬだろう」

「……………」

なかなか返答のしにくいことである。佐々木が口を閉じた。

「今後のこともある。なにをしに来たかを見きわめるためにも、便宜を図ってやれ」

「お任せをくださいますよう」

指示した戸田因幡守に、佐々木が平伏した。


老中首座松平越中守定信は、田沼主殿頭意次が推し進めていた政策のすべてを破棄し、まったく別の方向へと幕府の舳先《へさき》を変えさせた。

「運上が足らぬというならば、足りるようにせぬか。運上を増やすより、金を遣わぬ方法を考えよ」

金が尽きたという勘定奉行を、松平定信が叱りつけた。

「お言葉ではございますが、倹約は今すぐに効果が出るものではございませぬ」

勘定奉行が抗弁した。

「馬鹿か、そなたは」

松平定信があきれた。

「ものを買わねば、金は出て行くまいが」

「な、なにを……」

金を遣うなと言われた勘定奉行が絶句した。

「ものを買わなければ、城内が回りませぬ。とくに大奥が」

勘定奉行が、消費物資なしでは生きていけないと抵抗した。

「米は粥《かゆ》にすれば、倍以上になる。夜暗くなるなり寝れば、蠟燭《ろうそく》は要らぬ。去年の衣服を纏《まと》えば、新しく仕立てなくてもすむ。庶民ならば、誰でもやっていることだ」

「無茶な。大奥がそれで納得するはずはございませぬ」

「それをさせるのが、そなたの役目。いや、御広敷《おひろしき》用人の仕事じゃ」

御広敷用人は、大奥の差配をする表役人である。大奥の人事から予算、買いものなども管轄した。

「…………」

あまりのことに勘定奉行は呆然《ぼうぜん》とした。

「さっさと勘定所へ戻れ。やる気がないならば、辞めろ」

言うだけ言って、松平定信は御用部屋へと戻っていった。

「大奥の女どもが、辛抱などするものか」

独り廊下に残された勘定奉行が吐き捨てた。

「とくに今の大奥は、上様が毎日お通いになることで増長している。そんな連中に倹約など申しつけてみろ。上様を通じて文句を言ってくるわ」

不満を露《あら》わにしながら、勘定奉行が御用部屋前から去っていった。

「役立たずどもが……」

御用部屋に戻った松平定信は、勘定奉行を罵りながら、山積みされた書付を処理していた。

「そういえば……」

小半刻（約三十分）ほど書付を見続けた松平定信が顔をあげた。

「坊主」

松平定信が手を叩いた。

「……御用でございましょうか」

御用部屋のなかで待機していた御用部屋坊主が、松平定信のもとで平伏した。

「対馬守に、黒書院溜《だまり》で待てと伝えよ」

「ただちに」

御用部屋坊主が小走りに駆けていった。

「……………」

呼び出しておきながら、松平定信は半刻（約一時間）以上、御用部屋で仕事をこなした。

「しばらく出ておる」

誰にともなく告げて、松平定信が御用部屋を出た。

「ほっ」

御用部屋の雰囲気が柔らかくなった。

黒書院は、将軍家への目通りなどに使われる。かの浅野《あさの》内匠頭《たくみのかみ》長矩《ながのり》による刃傷事件の結果、勅使応答の間が変更になり、ここでおこなわれたほど格式が高い。溜は、黒書院に付随して設けられている小座敷であり、老中御用部屋から近いこともあり、執政の密談によく使われた。

「対馬守」

待たせた詫びもなく、松平定信が黒書院溜で端座していた安藤対馬守信成に呼びかけた。

「御用は」

安藤対馬守も無駄口をたたかず、問うた。

「禁裏付は赴任したはずだな」

松平定信のなかでは、すべて予定通りに進んでいなければならなかった。

「大井川の川留めという報告も受けておりませぬ。三日前には京へ着いているはずでございまする」

安藤対馬守が答えた。

「あれ以降、戸田因幡守からなにか申して参ったか」

「いいえ。なにも」

確認された安藤対馬守が首を左右に振った。

「朝廷がおとなしくこちらからの返答を待っている……」

「それはありますまい」

松平定信の言葉を安藤対馬守が否定した。

「公家衆ほど忍耐強く、同時に我慢がきかぬ者はおりませぬ」

安藤対馬守が嫌な顔をした。

「であるな。なにか求めるときは、しつこく京都所司代へ圧力をかけてくる。そのたびに泣くような御用便が来るというに、今回はまったくない」

「…………」

無言で安藤対馬守が肯定した。

安藤対馬守は若年寄である。若年寄は旗本、御家人を管轄し、徳川家の家政を差配した。大坂城代、京都所司代よりも格下扱いになったが、若年寄は執政への足がかりとなる役目の一つであった。

安藤対馬守は、松平定信の引きで若年寄になっていた。

「気づいたかの、公家どもは」

「まちがいなく気づいておりましょう」

松平定信の話に安藤対馬守がうなずいた。

「太上《だいじょう》天皇号と大御所称号を引き合いしているときに、禁裏付を代える。新しい禁裏付が、余の手だと公家どもは理解している」

「はい」

「その意図を公家、とくに五摂家は……」

「読みとってくれねば、困りまする。そのていどのことさえわからぬ者を相手にせねばならぬなど、とんでもないことでございまする」

　安藤対馬守が眉をひそめた。

「わかっていればこその沈黙であればよいがな」

　松平定信も同意した。

「戸田因幡守の後任だが、そなたはどうじゃ」

「かたじけなき仰せながら、今少し、戸田因幡守どのに京都所司代の役目はお預けしておくべきではないかと」

　若年寄から京都所司代は一応栄転になる。それを安藤対馬守は断った。

「ほう」

　するどい眼差しで、松平定信が安藤対馬守を見た。

「太上天皇号をお認めになられるおつもりは」

安藤対馬守が問うた。

太上天皇とは、譲位をおこなった天皇の称号である。単に上皇と呼ばれることも多い。その太上天皇の称号を光格天皇が、実父典仁《すけひと》親王へ与えたいとの内意を、京都所司代に伝えてきていた。

「ないな」

松平定信が断言した。

「天皇の位に立たれたお方が、譲位されてこその太上天皇号。それを今上さまの実父とはいえ、一親王に与えては、格が乱れる。よろしくない前例を作ることになる」

はっきりと松平定信が告げた。

「お言葉ではございますが、過去……」

「前例があるというのであろう。余がそれを知らぬはずはなかろう。後堀河《ごほりかわ》帝の実父守貞《もりさだ》親王、後花園《ごはなぞの》帝の実父伏見宮貞成《ふしみのみやさだふさ》親王の二人が、存命中に太上天皇の称号を贈られている。死後の追贈までいれると、あと少し増えるはず」

松平定信が安藤対馬守の口を封じるかのように、被せた。

「そのうえで許可はせぬと」

「当たり前じゃ。何百年も前の話を持ち出されても、困る。過去はどうあれ、徳川の世となってからは、一度もない。これこそ厳守すべき前例である」

頑《かたく》なに松平定信は拒んだ。

「称号くらいと思うであろう」

「いえ」

試すような目をした松平定信に、安藤対馬守があわてて首を横に振った。

「もし、太上天皇号を認めたら、祝いをせねばなるまいが」

「それはたしかに」

安藤対馬守も納得した。

朝廷には金がない。ないように幕府が締め付けているからである。天皇の即位である大礼でさえ、幕府の助けがなければおこなえないほど経済状況は悪い。

朝廷は幕府に丸抱えされているも同然である。当然、太上天皇号の授与、お披露目はもちろん、前の天皇という格式を得た閑院宮《かんいんのみや》典仁親王にふさわしいだけの待遇を用意しなければならなくなるのも幕府である。

さすがに仙洞御所《せんとうごしょ》を使わせろとまではいわないだろうが、屋敷替えは必至であった。

なにせ宮家は五摂家よりも貧しいのだ。住居もさほど広いわけでもなく、手入れも悪い。それこそ、すきま風が破れた障子窓から音を立てて入って来る。風流などととてもいえたものではない。

「太上天皇にふさわしいだけの屋敷を建てるとなれば、一万両とまではいかずとも数千両は要る」

「要りましょう」

天皇の実父の住居となれば、広さはさほどでなくとも、使用する材料は選び抜かれたものになる。他にも庭造りなど、ちょっとした大名屋敷を建てるくらいの費用がかかった。

「どこぞの大名にお手伝い普請として任せるわけには参りませぬか」

「できるわけなかろうが。朝廷と外様大名を近づけてどうする」

提案した安藤対馬守を松平定信が不見識だと叱った。

「申しわけございませぬ」

安藤対馬守が詫びた。

「気をつけよ。そのていどのこと言われずとも気づかねば、執政たる資格はないぞ」

腹心に松平定信が釘を刺した。

「それだけではない。祝いの金を朝廷へ献上せねばならぬ」

話を戻した松平定信が頬をゆがめた。

「さらに宴席の費用も出してやらねばならぬ。やれ、歌会だ、茶会だとな」

「はあ、そのようなことまで」

安藤対馬守が怪訝そうな表情をした。

「もちろん、私的な集まりなんぞ、知ったことではないがの。実父の新屋敷が落成したとなれば、今上《きんじょう》帝さまが行幸をなさろうが」

「それはございましょう」

松平定信の話に、安藤対馬守も首肯した。

「御所からたとえ見えている近さでも、行幸となれば相応の警固が要る。さらに今上帝さまだけではない。供をする公家衆にも付けねばならぬ。その費用ももってやらねばならぬ。幕府が倹約を旨とし、要りような費えさえ、切りつめているときにそのような金を出すわけにはいかぬ」

「まさにご説のとおりでございまする」

安藤対馬守が首を縦に振った。

「それにの。これを拒めば、大奥にも示しがつこう。上様が大奥をお気に召されている今、女どもの鼻息が荒い。倹約などどこ吹く風と、贅沢をしたがっている。それを頭ごなしに抑えつけるのはまずい。執政衆の悪口を上様に閨でお聞かせしかねぬからな。だが、今上帝さまにもご辛抱をいただいていると言えば、女どもも引くしかなかろう。大奥には公家の娘が多い。今上帝さまに我慢をさせて、その金を遣っておりますでは、世間が通るまい」

松平定信が一石二鳥だと言った。

「さすがでございまする」

安藤対馬守が大仰に褒め称えた。

「そなたもいずれは老中じゃ。手立てを一つしか考えぬなどでは困るぞ」

「精進いたしまする」

暗に引きあげてやると伝えた松平定信に、安藤対馬守が頭《こうべ》を垂れた。

「ところで、女は見つかったか」

話を松平定信が変えた。

「女……」

安藤対馬守が首をかしげた。

「……そなた」

松平定信の声が低くなった。

「ひっ」

その迫力に、安藤対馬守が震えた。

「あの禁裏付に宛がう女を用意いたせと申したはずだ」

松平定信が安藤対馬守を睨《にら》みつけた。

「余が送りこんだとわかる禁裏付が独り者であると知れたら、公家たちがどう動くかくらい予想がつこう。禁裏付を取りこんで、朝廷に有利なように持っていくには、女がもっとも手っ取り早いではないか。男は抱いた女に情を移すもの。まったく、なにをしておるのか。女の手配さえできぬようなやつに、執政が務まるか」

「申しわけありませぬ」

安藤対馬守が額を畳に押しつけた。

「一度だけ猶予をくれてやる。三日じゃ。三日以内に適当な女を見繕え。わかっているだろうが、禁裏付の正室として恥ずかしくない身分を持ち、公家衆が送りこむ女よりも容色が優れたもの、なにより、公家の女とやり合えるだけの頭を持った女でなければならぬ」

「た、ただちに」

急いで安藤対馬守が立ちあがった。

「余がもう一度そなたを呼び出す前に、八丁堀の我が上屋敷まで連れてこい。よいな」

早足で黒書院溜から出ていこうとしていた安藤対馬守の背中に、松平定信が命じた。

「はっ」

あわてて膝をついた安藤対馬守が、もう一度頭を下げてから退出した。

「まったく、禁裏付に宛がう女などという些末《さまつ》なことまで、余が仕切らねばならぬとは、なさけない」

黒書院溜で、松平定信が嘆息した。

「だが、取り返しがつかなくなる前に、手を打たねばなるまい。せっかく係累の少ない若い素直な者を道具として手にいれたのだ。手綱はこちらが握り続けねばならぬ」

松平定信が独りごちた。

鷹矢に与えられた役屋敷は、御所の東南、仙洞御所の前にあった。左右を公家屋敷に囲まれ、背後に禁裏付与力、同心の組屋敷がある。さすがに五摂家や宮家よりは狭いが、それ以下の公家衆よりは大きな造作であった。

役屋敷は基本、家具や台所道具などを含んでいる。衣服や食料品、薪や蠟燭などの消耗品は自弁であるが、引っ越したその日から生活できるようになっていた。

「では、出仕して参る」

早朝五つ前（午前七時ごろ）、鷹矢は役屋敷を出た。

鷹矢の足ならば、役屋敷から御所まで、煙草《たばこ》一服吸うほどもかからない。

「堅苦しいことだ」

禁裏付は諸大夫である。従五位の格式を持って御所へ上がらなければならない。着慣れない衣冠に苦労していた。

この姿で騎乗は難しい。かといって牛車を許される身分ではない。そこで禁裏付には駕籠《かご》が用意されていた。だが、大柄な鷹矢に、規定の大きさで作られた駕籠は狭苦しい。とくに袍《ほう》や指貫《さしぬき》という身に合っていない大きさの衣服を着けての駕籠は拷問に近かった。さらに駕籠をかくための小者の手配もできていないというのもあり、鷹矢は徒歩を選んだ。

足にまとわりつくような袴《はかま》と、絶えず肩と肘を張っていなければ型くずれする袍に気を使いながら歩いたため、鷹矢は役屋敷から御所まで思わぬ手間を喰った。

清所《せいしょ》門から入った鷹矢は、内玄関で名乗りを上げた。

「東城典膳正でござる」

「新しい禁裏付どのか」

内玄関を上がった正面、武者部屋から禁裏付与力が顔を出した。

「いかにも。貴殿は」

「禁裏付与力立川謹吾《たてかわきんご》でござる」

与力が名前を告げた。

「さようか。よしなに願う」

鷹矢はそのままの体勢で述べた。

「冠が慣れませぬか」

立川が笑った。

衣冠だけではなかった。従五位は最下級ではあるが、公家になる。冠も着けていなければならなかったが、普段武士はそのようなものを被らない。顎の下で留めているとはいえ、いつ落ちるかと鷹矢が心配していると立川は見抜いていた。

「まさに」

鷹矢は苦笑した。

「どうぞ、こちらへ。そこで立っていては、他のお方が来られたときの邪魔になりまする」

立川が武者部屋へ入れと、鷹矢を促した。

「ここでよいのか」

内玄関を上がりながら、鷹矢は確認した。

「東城さまは、西旗さまの後任でございましょう」

「いかにも」

聞かれて鷹矢は首肯した。

「ならば今月は下乃組でござれば、この奥日記部屋が詰め所となりまする」

立川が言った。

「日記部屋……」

　意外な名前に、鷹矢は首をかしげた。

「禁裏付のお役目の一つに、今上さまの一日を記すというのがございまする」

　慣れた与力である立川が教えた。

「なにを書くのだ」

　禁裏付とはいえ、天皇への謁見など許されてはいない。もちろん、朝議へ参加することもできない。天皇の顔を見ることさえないのだ。鷹矢の戸惑いは当然であった。

「大事ございませぬ。書くことは決まっておりまする」

「…………」

　鷹矢はわけがわからないという顔をした。

「本日もご機嫌よろしく拝察つかまつる。これだけでございまする」

「なんだそれは」

　立川の説明に、鷹矢は唖然とした。

「決まりごとというか、他に書きようがございませぬので。今上さまは禁裏から出られませぬ。お出ましになられたならば、そのときはどこどこへ行幸、ご気色うるわしく拝察つかまつりまするると変わりまする。もっとも行幸など、何年もございませぬので、先ほどお話ししたように、ご機嫌よろしくとなると」

「……それでよいのか」

鷹矢は疑問を抱いた。

「公家が慣例で生きておるのでございまする。禁裏付も染まって当然でございましょう」

淡々と立川が応じた。

「……むうう」

鷹矢はうなるしかなかった。

「しかたあるまい。吾はまだなにも知らぬからの」

一人の力でどうなるものでもない。いや、変えられるかも知れないが、それには十全な用意が要る。なにも知らない状況で動くのは無謀であった。

「若さゆえの過ちで許されるものでもない」

鷹矢は呟《つぶや》いた。

幕府の役人は、老中から黒鍬者《くろくわもの》にいたるまで、任じられた瞬間から、相応の結果を出さなければならなかった。慣れていない、新任であるなど言いわけにはならない。

もともと幕府は戦場でのものである。将軍が戦地に設ける本陣が始まりであり、建前は常在戦場であった。

戦場で飛んでくる鉄砲の弾は、相手が若いとか初陣だとかは、考えてくれない。当たれば、誰にでも等しく死をもたらす。戦場に出た限り、泣き言と繰り言は通らないのだ。

その幕府の役人である。務まると思えばこそ、補したのだ。失敗したときの責任は、辞令を受けたときから取らなければならなかった。

「ふうう」

一息、鷹矢は吐いた。

「立川だったな。先ほど今月は下乃組と申していたが、なんのことだ」

鷹矢は問うた。

「禁裏付はお二人でございまする」

「ああ」

言われて鷹矢は首肯した。まだ、もう一人には会っていないが、禁裏付が二人であることくらいは、知っていた。

「そして配下の我ら与力、同心も二組ございまする」

「当然だな」

北町奉行、南町奉行と同じで、配下の与力、同心はそれぞれに一組ずつ付くのが、勘定奉行と長崎奉行を除いて、どこでも決まりごとであった。

「ただ禁裏付だけは違うのでございまする。我ら与力、同心を上乃組、下乃組にわけたのは、それぞれの担当する役目を固定するためでございまして……禁裏付となられたお旗本が、月番でそれぞれの組を差配するのでございまする」

「それはまた珍しい。町奉行が月ごとに北町、南町と異動するようなものではないか」

「はい。なぜか、禁裏付だけはこうなっておりまする」

鷹矢の理解を立川が認めた。

「となると、来月は吾が上乃組になり、今とは違った仕事をするとなるわけだ」

「さようでございまする」

立川がうなずいた。

「覚えることが倍か……」

思わず鷹矢は嘆息した。

# 第二章　禁中任務

一

朝廷は大きく分けて三つの流れになっていた。

一つは、右大臣近衛経熙を中心とする親幕とされる公家たち、もう一つは大納言二条《にじょう》治孝《はるたか》を中心とする幕府の影響を朝廷から排そうとするものたち、そして最後は、どちらでも勝ちそうな方の尻馬に乗る肚《はら》なしの連中であった。

「禁裏付が代わったか」

屋敷で二条治孝が、家宰《かさい》を任せている松波雅楽頭資邑《まつなみうたのかみすけむら》に話しかけた。

「のようでございまする」

松波雅楽頭がうなずいた。

五摂家ほどになれば、家宰でも諸大夫の位を持つ。松波雅楽頭は、幕府大老を輩出する譜代名門酒井家の当主と同格であった。

「五年ごとに一度、江戸へ戻り禁裏の状況を報告するだけの閑職、その禁裏付にずいぶんと若い者が来たそうじゃの」

まだ二条治孝は、鷹矢の訪問を受けていなかった。

「まだ三十歳にもならぬとか」

すでに松波雅楽頭は鷹矢の情報を集めていた。

「若いの。それだけできると言うことか」

二条治孝の目がきつくなった。

禁裏付は、朝廷を監査、その内証を預かり、公家たちの素行も取り締まる。目付と勘定頭を合わせたような役割であった。すさまじい権力にも見えるが、そのじつ朝廷という閉鎖された場所で、よそ者はなんの力も持たない。口出しをしようにも、はるか格上の公家たちを相手に強硬な態度をとることはできず、それでもと頑張ったところでご内意という名前の免罪符が出てくる。天皇を表に出されては、どうしようもない。結果、禁裏付は飾りとなるしかなかった。

それを幕府は理解している。でなければ、五年に一度の報告などという放置に近いまねはさせない。

では禁裏付はなんのためにあるのか。見張っているぞという朝廷への圧力と、京に慣れさせるためであった。

事実、禁裏付を長く務めた者の多くが、京都町奉行へと転じていた。武家よりも公家を上に置く京を取り締まる京都町奉行へ就任する。禁裏付は京になじむための布石でもあった。

もちろん、無役になっていく者も少なくはなかったが、相応の人物でなければ禁裏付には選ばれなかった。

「前任のなんとかはどういった者であったかの」

西旗大炊介の評判を二条治孝は訊《き》いた。

「大納言さまが覚えておられないていどの男でございました」

「そうか」

松波雅楽頭から、説明するほどの者ではなかったと言われて、二条治孝が納得した。

「禁裏付は五年単位で異動するものであったが、今回は……」

「三年と半年でございまする」

問うように見た二条治孝に、松波雅楽頭が答えた。

「役立たずを使い続けることに幕府が気づいたと思うか、雅楽頭」

「いいえ」

主の質問に松波雅楽頭が首を左右に振った。

「大炊介がなにもしていなかったのは確かでございまするが、更迭するほど酷いものではございませんでした。あと一年半くらい、今までの幕府ならば放置しておったはず」

「うむ」

大仰に二条治孝は首肯した。

「なんらかの意図がある……」

「麿もそう思う。あれは松平越中守の手であろう」

松波雅楽頭の意見に二条治孝は同意した。

「越中守の手が、なぜ禁裏付になど」

お飾りの最たる役目に、手の者を配置するほど松平定信が甘いとは思えないと松波雅楽頭が首をかしげた。

「禁裏付の役目をまともにさせる気なのであろう」

「役目を果たさせる……でございまするか」

「このたび今上さまより、閑院宮を太上天皇へとのご希望が出された」

「伺っておりまする」

天皇が出てきたため、松波雅楽頭が目を伏せた。

「幕府はそれを認めると思うか」

「…………」

否定すると天皇の意思を幕府が拒むことを意味してしまう。松波雅楽頭が黙った。

「認めまい」

あっさりと二条治孝が否定した。

「金を出したがらぬ、幕府は。我ら公家を裕福にさせたくないからの。公家に金を持たせるとろくなことをしないと思いこんでいる、武家は」

二条治孝が続けた。

「とはいえ、勅意が出されれば、受けざるを得ぬ。断れば、朝敵になるからな」

「それに禁裏付がかかわっていると仰せでございまするか」

松波雅楽頭が問題の大きさに驚いた。

「おそらくな。禁裏付は朝廷に手を入れられる唯一の役目。言い換えれば、朝廷の弱みを握れるのだ。それを遣って、勅意を抑えこむ。でなければ勅意とはいえ、なかったことにする」

「……なんと。勅意をなんだと思って……」

松波雅楽頭が憤然とした。

「ただちに、禁裏付を罷免させましょう」

顔色を変えて松波雅楽頭が進言した。

五摂家は朝廷を代表する名門である。大化の改新の功臣中臣鎌足《なかとみのかまたり》をその祖に持つ五摂家は千年以上のときを経て、天皇家とも血を交わし、隠然たる影響力を持っていた。その意思は天皇といえども無視できない。

当然、幕府も五摂家の意向を尊重しなければならなかった。

「好ましからず」

五摂家がこう言えば、禁裏付くらいなら交代させられる。

「無理よ。越中守が認めぬわ」

「たかが老中に、摂関家の意見を無視する力など……」

「あるのだ。越中にはな」

家宰の言葉を、二条治孝は遮った。

「越中は八代将軍吉宗の孫。その養母は近衛家久の娘」

「血筋が摂関家に繋がる……」

松波雅楽頭が息を呑《の》んだ。

「そしてなにより、松平越中守は、本来ならば十一代将軍になるべきであった男」

「幻の将軍家」

「ああ。その力は幕府を恣《ほしいまま》にできる。そやつの手の者を排除など、敵対すると明言するも同然」

二条治孝が難しい顔をした。

「では、どういたせば」

なにもしないという選択肢はなかった。天皇の意思こそ、朝廷でもっとも重いものである。それを武家ていどにゆがめられてはたまらない。いや、枉《ま》げられてしまったとき、公家はその価値を失う。

松波雅楽頭の問いは、当然のものであった。

「送り返せぬ。無視もできぬ。となれば、やることは一つであろう」

「やることは一つ……」

目を向けた主に、松波雅楽頭が困惑した。

「取りこんでしまえばいい。金のない我らが、男を取りこむとあれば、手段は一つしかない」

「女でございまするな」

松波雅楽頭が理解した。

「適当な女を見繕え。あまり高位ではいかぬぞ」

身分が高すぎては男が萎縮する。なにより、あとあとの面倒もありえる。二条治孝が条件を付けた。

「お任せをいただきますよう」

松波雅楽頭が引き受けた。

禁裏付の仕事は、朝五つ（午前八時ごろ）に参内し、上乃組を統括するときは御常《おつね》御殿に近い武家伺候の間に、下乃組を預かるときは内玄関近くの武者部屋に控える。見回りのために出歩くこともなく、基本は一日籠もっている。

「三門勤務の同心、交代をいたしまする」

武者部屋から同心たちが出ていった。

「念を入れよ」

与力立川謹吾が見送った。

「今のは三の組であるな」

「さようでございまする。昨日からの夜番を務めたのが二の組、控えにおりますのが四の組、壱と伍は非番でございまする」

鷹矢に立川謹吾が説明した。

禁裏付には配下として与力十騎、同心五十人が付けられた。これが二組あった。それぞれ相国寺前《しょうこくじまえ》と元百万遍《もとひゃくまんべん》に組屋敷を与えられ、上乃組、下乃組と称した。

さらに同心は、十人ずつ、壱、二、三、四、伍の組に細分され、五日交替で当番をおこなった。禁裏三門の警固を昼夜交代の二組ずつでおこない、一組は予備として詰め所に残り、二組が非番という勤務であった。

禁裏付は、一カ月交替で上乃組、下乃組を差配した。

「ご苦労であった」

昨夜一晩中門を守っていた同心たちが、疲れた顔で武者部屋へ戻ってきた。

「なにごともございませぬ」

筆頭同心が報告した。

「ご苦労であった」

立川謹吾がねぎらった。

「一夜中、門の警衛をしていたのだな。疲れたであろう」

鷹矢も声をかけた。

禁裏の三門は、厳しくその出入りを管理されていた。日中だけではなく、夜もかがり火を絶やすことなく、許可なき者の通行を拒む。これが同心の役目であった。

「いえ」

筆頭同心が首を左右に振った。

「では、我らは非番に入らせていただきまする」

「うむ。五日間、ゆっくりと休め」

「はっ」

立川謹吾から許可を得て、同心たちが武者部屋から、帰途についた。

「禁裏付さま、いかがなさいました」

黙って同心たちの背中を見つめている鷹矢に、立川謹吾が首をかしげた。

「あの同心たちは譜代席か」

代々役目を受け継いでいるのかと、鷹矢は問うた。

「さようでございまする。身分軽き者ゆえ、一代抱え席ではありまするが、譜代でございまする」

立川謹吾が答えた。

一代抱え席とは、一代限りで世襲できない身分のことである。江戸の町方同心などがそうであった。親が隠居しても、子供はその役目も禄も世襲できないことになっているが、実際は息子が新規召し抱えの形で、家を継げた。

「それがどうかいたしましたので」

立川謹吾が尋ねた。

「いや、皆、相当に武芸を学んでいるなと思ったのだ」

鷹矢が続けた。

「あの腰の動き、足運びは忍《しのび》か……」

「…………」

立川謹吾が驚いた。

「よく、おわかりになられましたな」

「やはりそうか」

鷹矢は身を乗り出した。

「どこでお気づきに」

理由を立川謹吾が訊いた。

「先日、隠密御用を承っている徒目付《かちめつけ》と知り合ってな。その徒目付たちの目の付けどころ、足運びが似ているように思えたのだ」

鷹矢は告げた。

「さすがでございますな」

まず、立川謹吾が鷹矢を持ちあげた。

「同心どものすべてが、そうではございませぬ。ただ、甲賀や伊賀の者が多いのはたしかでございまする」

立川謹吾が告げた。

「甲賀や伊賀……」

「御所へ侵入しようとしている者を見つけるには、忍がもっとも適しておりましょう」

「それはそうだろうが……」

鷹矢は疑問を口に出した。

「神君家康さまが伊賀越えの褒美としてお抱えになった伊賀者は、江戸で伊賀組を作っているはず。甲賀も江戸で与力として務めておろう。それ以外に百人もの同心をどうやって……」

そんなに人材があるとは思えないと鷹矢が首を左右に振った。

「こちらの同心と江戸はまったくの別ものでございまする」

立川謹吾が述べた。

「家康さまについて江戸へ出た者ではなく、そのまま伊賀に残った者というわけか」

「…………」

鷹矢の推測に、立川謹吾が黙った。

「違うのか」

「一部はそのとおりでございまするが……」

「言いにくいか」

「はあ」

立川謹吾があいまいに肯定した。

「わかった。これ以上は訊かぬ」

鷹矢は引いた。

「新しい禁裏付は、ここでおじゃるか」

気まずくなった雰囲気を、壊すように甲高い声がした。

「これは広橋《ひろはし》さま」

顔を出した公家に、立川謹吾が平伏した。

「広橋さま……」

鷹矢は一瞬怪訝な顔をした。

「武家伝奏《てんそう》の広橋中納言さまでございまする」

立川謹吾が小声で教えた。

「これはご無礼を」

あわてて鷹矢も頭を垂れた。

「よい、よい。宮中に慣れておらぬ東国武者じゃ。多少の無礼は見逃そうぞ」

広橋中納言が立ったままで、手にしていた笏《しゃく》を振った。

「禁裏付を拝命いたしました東城典膳正鷹矢でございまする。中納言さまには初めて、お目もじいたしまする」

鷹矢も従五位である。さすがに両手を突くわけにはいかないが、深々と腰を折った。

「うむ。広橋中納言じゃ。見知りおけ」

広橋中納言前基《さきもと》が鷹矢を見下ろした。

「ところで、典膳正はなぜ、武者部屋におるのじゃ。新しい禁裏付が参ったというゆえ、日記部屋を覗《のぞ》いたが、誰もおらなんだ。探すはめになったぞ」

手間をかけさせたと広橋中納言が文句を言った。

「それは申しわけございませぬ」

上位者への言いわけは、まず詫びから入らなければならない。鷹矢が使番《つかいばん》をしていたときに、先達から与えられた教訓であった。使番というのは、将軍の代理を務めることが任である。役目での失敗は、将軍の名前に傷が付く。上司である若年寄からの叱責は、使番をしているかぎり、避けられなかった。

「いいか、偉いお方は、言いわけなんぞどうでもいいのだ。どのような言いわけをしようが、叱るには変わりない。ただ、そのていどが素直に謝るだけで、ずいぶんと軽くなる。実際に己に責任がないことでも、言いわけを先にすると、逃げを打っていると見られて、より厳しい対応を喰らうことになる。上司と長いものには巻かれておけ。それが、役人としてやっていく、唯一の勘所だ」

使番を十年以上務め、出世の機を失った先達は、後悔を含んだ口調で、新任挨拶に来た鷹矢へ諭してくれた。

「……先日、こちらへ参ったばかりでございまして、少しでも任に慣れるため、実務を担当している武者部屋で、見学をいたしておりました」

鷹矢が言いわけを口にした。

「おうおう、職務に熱心でおじゃるな。よきかな」

広橋中納言が言いわけを認めた。

「しかし、従五位の地位にある者が、武者部屋などという無位無冠の場所に入り浸るのは感心せぬな」

声をきつくして広橋中納言が、鷹矢を叱った。

「武家ではそういうしきたりがあるやも知れぬが、ここは帝のおわす宮中じゃ。身分をはっきりとわきまえねばなるまいぞ」

「心いたしまする」

「用があるときは、呼びつければよいのじゃ。日記部屋にはそのための仕丁《しちょう》が常駐しておるじゃろう」

仕丁とは、朝廷や貴族の屋敷における小者のことだ。もとは、金やものの代わりに、労働力を供出した租税の一つであった。

「はい」

たしかに日記部屋のすみに一日座っている中年の男がいた。鷹矢は挨拶をしたが、男は頭を下げただけで、なんの応答もしなかったため、それ以上近づいていなかった。

「中納言さま、ご用件は」

鷹矢は広橋中納言がなにをしたいのかわからなかった。

「はあ」

問われた広橋中納言が、大きなため息を吐いた。

「なってないの。武家は礼儀を知らぬ輩《やから》とわかってはおるが、せめて所司代と禁裏付くらいは、なんとか学んでから出して欲しいわ」

広橋中納言があきれた。

「…………」

鷹矢はなにを言われているのかさえ、わからなかった。

「東城さま」

立川謹吾が、小声で囁《ささや》いた。

「身分が低い者から問いかけてはなりませぬ。お話しになるまで待たねば」

「そうなのか」

鷹矢は驚いた。

幕府は武家が動かしている。武家は万一に備えて、常在戦場の心構えでいるべしとされている。なにかあったときに、素早く動かなければ戦では勝てない。そのせいもあり、前置きを短くするのが慣習となっていた。

「郷にいれば郷にしたがえでございまする」

「わかった」

立川謹吾の助言に、鷹矢はうなずいた。

「ご無礼をいたしましてございまする」

今度、鷹矢は手を突いて詫びた。

「まあ、よろし」

あっさりと広橋中納言が許した。

「日記部屋へ参るで。ここでは、座ることもでけへん」

さっさと広橋中納言が出ていった。武者部屋は板の間であり、敷物さえ置かれていなかった。

「さ、お早く」

ちょっと呆然とした鷹矢を、立川謹吾が急《せ》かした。

「なんの御用だと思う」

立ちあがりながら、鷹矢は訊いた。

「武家伝奏さまと禁裏付さまは、朝幕をつなぐ両輪でございまする。顔見せでございましょう」

禁裏付与力として長い立川謹吾が推測した。

「そうか。かたじけない」

礼を述べて、鷹矢は小走りに武者部屋を出た。

「それと……」

いなくなった鷹矢の座っていた場所へ、立川謹吾が目を向けた。

「どちらの立場が強いかを、教えこむため……」

立川謹吾が呟いた。

日記部屋はその名前の通り、宮中での出来事を記録する場所である。幕府から禁裏の動向を見張るように配置された禁裏付にとって、まさにうってつけの場所であった。宮中では日記部屋と呼ばれているここそ、幕府が禁裏付の役部屋として用意させた用部屋であった。

武者部屋に比べると狭い日記部屋だったが、板張りの床には、薄縁《うすべり》が敷かれており、さらに文机《ふづくえ》の前には敷物が用意されていた。

「腰を下ろしてよいぞ」

さっさと敷物の上に腰を据えた広橋中納言が、目の前の薄縁を示した。

「ご無礼をいたしまする」

一礼して鷹矢は薄縁に座った。

「まずは、禁裏付の就任を祝しておくでおじゃる」

「ありがとうございまする」

祝いの言葉に、鷹矢は礼で応えた。

「典膳正、禁裏付の仕事をわかっておじゃるか」

広橋中納言が訊いた。

「禁中の安寧を守り、その内証を監察、日々のできごとを記録することでございまする」

鷹矢は禁裏付の役目として幕府が定めていることを口にした。

「はああ」

さきほどのよりも大きなため息を広橋中納言が吐いた。

「わかっておらぬの」

広橋中納言が、手にしていた笏で口元を覆った。

「典膳正が申したのは、幕府の話じゃ。ここは禁中である。禁中には禁中の決まりがある」

「…………」

黙って鷹矢は、広橋中納言の話を聞いた。

「禁中で禁裏付は異物じゃ」

「異物……」

あまりな言いかたに鷹矢は驚いた。

「そうじゃ。禁中に武家は要らぬ。北面の武士など、番犬じゃ。人ではない」

「なにを仰せに」

「禁中は公家の場所じゃ。考えてみよ。幕府は京都所司代を置いているが、あの者が参内することはない。就任の挨拶に来るだけじゃ。禁中に席はない」

「…………」

事実に反対することはできない。鷹矢は黙った。

席がない。これはなんの力も持たないというのと同義であった。江戸城でも同じであった。大名には、石高、役職にかかわらず、殿中席があった。だが、旗本は交代寄合などのごく一部を除いて、役目に就かないかぎり、江戸城に居場所はなかった。三千石、五千石の高禄旗本でも、百五十石の勘定衆よりも殿中での力は弱かった。席がないのだ、登城さえできない。登城しても、行き場所がないのだ。

「だが、禁裏付には席がある。ここ、日記部屋におることが許されておる。それはなぜか。幕府が朝廷に求めたというのは確かじゃ。だが、それを帝がお認めになったからである」

「…………」

「帝の恩寵で、典膳正はここにおれる。それを忘れてはならぬぞよ」

「心いたしまする」

天皇を出されては、異論など口にできない。鷹矢は頭を垂れて敬意を表するしかなかった。

「わかったでおじゃるな。禁裏付は帝のためにあるということが」

「…………」

大いなるすり替えだったが、鷹矢は肯定せざるを得なかった。

「禁裏付がなにをするか、これで理解したであろう。そなたの前任大炊介は、よく努めておった」

広橋中納言が、西旗大炊介を見習えと言った。

「さて、麿もなにかと忙しい。このようなところにいつまでもおられぬ。今後、典膳正への指示は、麿が出す」

「はっ」

武家伝奏は、朝廷と幕府の仲介者である。禁裏付との縁は深い。鷹矢は、首肯した。

「わかればよいのでおじゃる。一度、麿の屋敷に参るがよい」

広橋中納言が、日記部屋を出て行った。

「…………」

残された鷹矢は先が思いやられると天を仰いだ。

二

禁裏付与力と同心には宿直番《とのいばん》があるが、禁裏付にはない。夕刻七つ（午後四時ごろ）には、役目は終わった。

「戻った」

「お帰りなさいませ」

日記になにもなかったと書いていた鷹矢は、筆を置いた。

もう一人の禁裏付、黒田伊勢守長和《くろだいせのかみながかず》が、上乃組の当番を終えて、武家伺候の間から日記部屋へ帰ってきたのである。

「うむ」

大仰にうなずいた黒田伊勢守が、鷹矢が使っていない文机の前に座り、筆を持った。

「誰も来ず、特筆すべきことはなし」

黒田伊勢守も日記に墨を垂らした。

「……さてと。これで一日は終わりである」

日記を閉じて、黒田伊勢守が鷹矢のほうを向いた。

「いかがかの。少しは慣れられたか」

黒田伊勢守が話しかけた。

「お気遣いかたじけのうございまする。まだまだわからぬことばかりで、今日も広橋中納言さまより、お叱りをいただきました」

すなおに鷹矢は白状した。

「中納言さまがか。なるほどの」

黒田伊勢守が、一人で納得した。

「なにか」

「いや、なんでもない」

ちらと部屋の隅で端座している仕丁に黒田伊勢守が目を向けた。

「典膳正どのは、もうお帰りか」

「はい。武者部屋に顔を出し、今夜の宿直の確認だけいたせば、屋敷へ戻ろうかと」

問われた鷹矢は答えた。

「ならば、ご一緒いたそう」

帰ろうと黒田伊勢守が誘った。

「はい」

鷹矢は従った。

黒田伊勢守は禁裏付になって五年になる。禁裏付の前は長く御広敷用人をしていた能吏であった。

「いかがかの、吾が屋敷までお見えになられぬか。少し、お話をしたいと思うのだが」

黒田伊勢守が誘った。

「もう少し早くとも考えたのだが、就任直後はなにかと忙しく、余裕がなかなかできぬのが普通ゆえ、遠慮しておったのだ」

「是非にお願いをいたしたく」

気遣いに、鷹矢は喜んだ。

「薬師寺、お客さまをお連れすると、屋敷に前触れをいたせ」

門を出たところで待っていた家士に、黒田伊勢守が命じた。

「はっ」

侍身分の家士が、鷹矢に一礼して駆けていった。

「ご家中は」

鷹矢の出迎えがないことに、黒田伊勢守が怪訝な顔をした。

「遅れておりまして、まだ京についておりませず」

訊かれた鷹矢は小さくなった。

「内示をいただいたのが遅かったのでござるかの」

黒田伊勢守が確認するように尋ねた。

役の就任、罷免はあらかじめ報《しら》されるのが常であった。とくに江戸を離れる遠国《おんごく》勤務は、なにかと用意しなければならず、相当前に内示を受けた。

「はあ。内示がございませず、ただちにとの仰せでございまして……」

鷹矢は実情を語った。

「それはまた、御執政さまも思いきったことをなさるな」

黒田伊勢守が驚いた。

遠国勤務の最中に客死する者もいる。当然、次の者が決まり、赴任するまで代行する添え役が地元にいるが、なかには代行させるわけにはいかない職もある。そういったときでもなければ、内示なしの発令はあり得なかった。

「貴殿の前職はなにかの」

「使番でございました」

訊かれて鷹矢は答えた。

「使番から禁裏付とは珍しい」

黒田伊勢守が目を大きくした。使番は名門旗本の初役と言われていた。使番を経験した後、書院番、小姓番、先手組頭などを経て、目付、遠国奉行へと出世していく。逆に、能力がなければ何十年と使番で飼い殺される。使番は、名門旗本の試金石とも言われていた。

「相当おできになるようだ」

「とんでもない」

高く買おうとする黒田伊勢守に、鷹矢は手を振った。

「いやいや、禁裏は大坂よりも難しいところだ」

「大坂……」

鷹矢は首をかしげた。

「そうか。使番では、大坂へ行くことはないな」

大坂と京には大坂城代、京都所司代がいる。ともに老中の手前と呼ばれる要職で、どちらも任地において将軍の代理を務める。そこに将軍の意見を運ぶ使番の出番はなかった。大坂城代、京都所司代に、将軍、老中からなにかあるときは、御用便という手紙を運ぶだけの役目が使われた。

「大坂は知ってのとおり、商人町だ。商人が武家を抑えつけている。金でな。大坂にいる役人は、皆、商人に飼われている。大坂商人から金を借りていない大名方はおられぬ」

「……………」

黒田伊勢守の言いたいことを鷹矢は悟った。すべての大名に金を貸している。それには老中も含まれる。黒田伊勢守は、大坂商人の後に老中たちがいると暗に指摘したのであった。

「その大坂商人よりも、京はややこしいと」

「ああ。公家が面倒だ」

黒田伊勢守が息を吐いた。

「まあ、この先は、屋敷でいたそう。あれでござる」

目の前に相国寺の大きな屋根が見えていた。

黒田伊勢守に与えられた役屋敷は、御所の北、相国寺門前町にあった。

「お帰り」

役屋敷の門は前触れのおかげで開かれていた。

「お客人じゃ。粗相のないようにの」

「承知いたしておりまする」

玄関で待っていた老年の武士が応じた。

「用人の佐藤じゃ。この者に案内させる。悪いが、拙者は着替えを先にさせていただく。何年やっても、この衣服は慣れぬでな」

さっさと黒田伊勢守は玄関からなかへ入っていった。

「佐藤と申しまする」

「東城典膳正じゃ。不意に訪問をしてすまぬ」

来客は前もって報せておくのが礼儀である。当日の訪問ともなれば、午前中にその旨を申しこんでおかなければならなかった。

鷹矢はいきなり来たことを詫びた。

「いえ。どうせ、主が無理にお誘いいたしたのでございましょう」

用人の佐藤が笑った。

「たしかにお誘いをいただいたが……」

「お気になさらず。江戸にいたときもしょっちゅうでございましたので」

佐藤が手を振った。

「さて、お客さまに玄関先でお待ちいただくわけには参りませぬ。どうぞ」

先に立った佐藤が、鷹矢を促した。

当たり前のことだが、役屋敷はよく似た構造をしている。とはいえ、御所に近く、公家屋敷に囲まれ、敷地に余裕のない仙洞御所前の役屋敷に比べて、相国寺前のものは、一回り広かった。

「こちらでお待ちくださいませ。すぐに主が参りまする。庭もございますれば、ご随意に」

玄関から入って少し進んだ、中庭に面した書院に鷹矢は通された。

「そうさせてもらおう」

「今、お茶を」

首肯した鷹矢をおいて、佐藤が書院を出ていった。

「なかなか見事な庭だな」

そろそろ日が陰りかけている。中庭にも濃い陰影が生まれていた。それさえも景色として、庭石や池が配置されていた。

「伊勢守どののご趣味か。庭も枯れた趣であったが、床の間も書とは……」

庭から床の間へと鷹矢は興味を移した。

「書の前に置かれている香炉も上釉《うわぐすり》の薄い土の色をよく残したもの」

鷹矢に茶の心得はないが、それでもこの香炉は相当のものだとわかった。

「お気に召したかの」

小袖に袴という楽な姿になった黒田伊勢守が入ってきた。

「拝見しておりました」

主が現れるまで座らずに、座敷に置かれたものや庭を愛《め》でるのが、目上の屋敷に招かれた礼儀であった。

「儂《わし》も茶など形だけしか知らぬがの。ここには公家衆もお出でになる。そのとき、なにも置いていないというわけにはいかぬだろう。それこそ、武家はたしなみがないと馬鹿にされる。かといって、派手なものを飾ると、なにもわかっておらぬと肚の中で笑われる。それを避けるには、武家らしい無骨なものが無難なのでな」

説明しながら、黒田伊勢守が上座に腰を下ろした。

「お座りあれ」

「はい」

言われて鷹矢は敷物の上に腰を落とした。

「佐藤」

「はっ」

黒田伊勢守の声に、襖が開いた。

「…………」

家臣二人が、無言で膳を出した。

「茶よりはよいだろう。京の酒はよいぞ」

黒田伊勢守が茶を出さなかった理由を告げた。

「お気遣いに感謝いたしまする」

配慮に鷹矢は頭を下げた。

「酌は要らぬな」

「はい」

「では、下がれ」

給仕のために残っていた家臣二人を、黒田伊勢守が下がらせた。

「まずは、就任をお祝いしよう」

黒田伊勢守が、盃を満たした。

「ありがとうございまする」

鷹矢も己の盃に酒を注いだ。

「……うむ。うまい」

盃をあおった黒田伊勢守が頬を緩めた。

「……これは」

続けて呑《の》んだ鷹矢も感心した。江戸の酒と違い、臭みがまったくなかった。

「うまいであろう。京には伏見という酒処があるからな。江戸のように灘《なだ》から運ばずともすむからの。新しいうえに、樽《たる》の匂いがない」

「言われるとおりでございますな。これだけで京へ来た値打ちがございまする」

鷹矢は二杯目を口にした。

「ただなあ、食いものが……」

黒田伊勢守が、一転して肩を落とした。

「味付けでございますな」

すでに鷹矢も感じていた。

「京は吝《しわ》いからの。醬油《しょうゆ》を余り使わぬ。また、江戸の醬油とこちらのものは味が違う。かといって、江戸から醬油だけを取り寄せるわけにもいかぬし」

「江戸の醬油を扱っている店などは」

「ないな。京は江戸を東夷《とうい》として下に見ておる。江戸のものなど、どこを探してもない」

黒田伊勢守が無念そうに告げた。

「それは残念な」

鷹矢も同意した。

「江戸者に京はきつい」

盃を黒田伊勢守が置いた。

「貴殿は、松平越中守さまの手だな」

あっさりと黒田伊勢守が見抜いた。

「…………」

「ああ、答えなくてもよいぞ」

黙った鷹矢に、黒田伊勢守が手を振った。

「今の反応でわかったからの」

「うっ……」

鷹矢は詰まった。

「儂がわかるくらいだ。公家たちは全員気づいていると思ったほうがいい」

黒田伊勢守が話を続けた。

「太上天皇と大御所の称号、どちらも無理を言い出している」

「…………」

「天皇、将軍を引退したお方だけに贈られる称号だ。ともにな。まあ、古いところをつつけば、太上天皇には前例があるそうだが、大御所にはない。すなわち、幕府のほうが不利」

はっきりと黒田伊勢守が口にした。

「長く禁裏付をさせていただいた経験から言わせてもらうとだ……」

喉が渇いたのか、黒田伊勢守が盃で唇を湿した。

「太上天皇号を認めることで、大御所称号をお許しいただく。これが、もっとも無難なやりかたじゃ。おそらく太上天皇号が誕生することで発生する費用を越中守さまはおきらいになっておられるのだろうが……」

「大御所称号で金はかかりませぬのか」

鷹矢は口を挟んだ。

「かからぬというわけにはいくまいが、一橋治済卿は、御三卿の当主だ。隠居なされたわけでもない。隠居した大御所は二の丸か西の丸へお入りになるのが慣例とはいえ、現役の当主ならば、そうせずともよい。まあ、せいぜい大御所号勅許の御礼として、朝廷と日光東照宮、寛永寺、増上寺に金を納めるていどですむ」

黒田伊勢守が説明した。

「対して太上天皇となると、それではすまぬ。お住まいの新築、お披露目だけですめばいいが……」

「それ以外にも」

「…………」

問うた鷹矢に、黒田伊勢守が難しい顔をした。

「……これは、禁裏付としての勘。公家衆とつきあってきた者としてのな」

確実ではないと念を押して、黒田伊勢守が語った。

「太上天皇は、前の天皇でなければならぬという建前だ。そして幕府が典仁親王さまへの太上天皇号を認めたとならば、おそらく今上帝は、もう一つの要求を出してこられよう」

「もう一つの要求……でございまするか」

鷹矢は首をかしげた。

「ああ。太上天皇の称号を認めた。これは典仁親王さまを前の天皇と幕府が言ったも同じ。そう、即位の大礼を、典仁親王さまを実際に前の天皇とする儀式をしろと要求なさるだろう。太上天皇号を認可した以上、これを断るのは難しい」

「…………」

あまりのことに鷹矢は言葉を失った。

「いくらなんでも皇統に筆を加えるわけにはいきますまい」

鷹矢は否定した。

天皇家は万世一系をうたっている。始祖から途切れることなく今に続いていることで、日本の支配者としての正統性を誇っている。

とはいえ、千年以上の歴史である。直系が途絶えたことは何度もある。そのたびに、傍系が入って血脈を受け継いできた。

直系ではない天皇家の譜で、決して破られてはいけないものが後世の加筆であった。本来は天皇にならなかった者を、適当なところに挿入する。これは万世一系を崩すだけでなく、天皇家を継ぐ資格者を勝手に増やすことになる。追加された人物の子供や孫が、正統な子孫に格上げされてしまう。

「天皇を継ぐべきお方が、増え……」

そこで鷹矢は気づいた。

「おわかりになられたようじゃの」

黒田伊勢守が首肯した。

「今上帝は、皇統が途絶えたゆえ、閑院宮家より昇られた。閑院宮家は、第百十三代東山天皇の第六皇子直仁《なおひと》親王が興したもので、今上帝は皇孫にあたる」

「三代ならば、あまり問題はございますまい」

代を言い出せば、八代将軍吉宗は、家康の曾孫、将軍から教えて四代の子孫になる。

幕府は、今上帝に血筋で文句を言える立場ではなかった。

「他によりお血筋の近いお方がおられてもか」

「えっ……」

鷹矢は一瞬唖然とした。

「他に世継ぎとなられるお方がおられたとなれば、話は変わりますぞ」

盃を置いて、鷹矢は表情を険しいものにした。

「東山天皇の跡を継がれた中御門《なかみかど》天皇、このお方の第一皇子が後の桜町天皇、そのあとを桃園天皇がと、ここまでは直系がなった。ただ、桃園天皇が若くしてお隠れになったため、皇子が幼く、高御座《たかみくら》にあがられるわけにはいかず、ここで桜町天皇の皇女が後桜町天皇になられた」

「女帝擁立でございますな」

皇統に適任なる男子の血筋がないとき、皇女がふさわしい皇子が出るまでの中継ぎとして即位される例は過去にもあった。

「ああ。そしてその伝に従い、後桜町天皇は桃園天皇の皇子が、十三歳になられると譲位した。本来の皇統に戻ったわけだ。だが、後桃園天皇が二十二歳のお若さで崩御され、和子《わこ》さまがあらせられなかったため、閑院宮兼仁《ともひと》親王さまが今上帝になられた」

皇統の変化を黒田伊勢守が述べた。

「さて、先ほど申した他のお方だが……」

一瞬、黒田伊勢守が間を空けた。

「中御門天皇の、第二皇子、第三皇子がご存命であられた」

「なっ……」

鷹矢は絶句した。

天皇の子、それも男子が二人いたならば、孫の出る幕はない。

「おかしくはございませぬか。お二人もおられたならば……」

「お二人とも仏門におられたのだ」

鷹矢の疑問を黒田伊勢守が解消した。

「もっとも、還俗していただけば問題はない」

「他に理由がございますな」

鷹矢は鋭い目で黒田伊勢守を見た。

「うむ。お二人ともすでに老境であられたのだ。第二皇子で天台座主《てんだいざす》の公遵法親王《こうじゅんほうしんのう》は五十九歳、第三皇子で聖護院主の忠誉《ちゅうよ》法親王も同年。仏門におられたこともあり、お血筋はない。皇統を継がれた後も、和子さまを儲《もう》けていただけるかといえば、いささか難しいだろう」

「ならば、なんの問題もございますまい」

後を継いでも次がなければ、血筋の維持ができず、意味はない。鷹矢は納得した。

「だが、それを言う者もおるのだ。一代遠い者ならば、他にもいる。子を孫が押しのけたのは、孝養に照らし合わせても問題だろうという者がな」

「公家衆のなかに」

「だけではない。幕府にもおる」

「幕府が、皇統に口出しを……」

もう一度鷹矢は唖然とした。

「大名のなかには、五摂家や羽林《うりん》、清華《せいが》、名家の公家たちと縁を結んでいる者も多い。それぞれが繋《つな》がっている公家の出世を望んでいる。つきあいのある公家が推すお方が高御座にあがられれば、その恩恵は大名におよびますのでな」

「恩恵でございますか」

　鷹矢にはわからなかった。

「官位でござるよ。今まで従五位下だったのが、従五位上や従四位下に昇階できましょう。もちろん、大名家の官位は幕府が取り扱うものでござるが、朝廷からの下賜となれば反対も難しい」

「たしかに」

　幕府が勅意を無にしたことは何度もある。だが、それは家康から家光までのころで、幕府に十分な財力と武力があったからこそできたのだ。今の幕府にそれだけの力はない。さすがに勅意を拒んだところで、朝敵認定まではいかないだろうが、世間の評判は悪くなる。そして、幕府の悪評は、将軍ではなく、ときの執政が責を負う決まりであった。

「越中守さまにしてみれば、この時期に朝廷との波風は一つで終わらせたいでしょうな」

「さようでございますな」

　鷹矢も納得した。

「正統ではないという言いがかりを消し去るにはどうすればいい。そう、父を天皇にしてしまえばすむ。太上天皇号の後には……」

「即位の大礼が潜んでいる」

「簡素なものにはなるだろうがな」

黒田伊勢守がうなずいた。

「おぬしのお役目がわかったかの」

「拒否したいところではございますが、させてはもらえますまい」

大きく鷹矢は嘆息した。

「拒めようが、少なくとも幕臣をやめねばなるまいな」

浪人すれば、こんな面倒から離れられると黒田伊勢守が言った。

「さすがに家を潰すわけには」

旗本の家は、己だけのものではなかった。先祖からずっと受け継いできた財産であり、子孫へ渡さなければならない預かりものであった。

旗本の当主は、家にとって絶対の主君ではなく、単なる維持者でしかなかった。

「おぬしがそう考えていてよかったわ」

黒田伊勢守が安堵《あんど》した。

「もし、浪人してでも嫌だなどと言われたら説得せねばならぬところであった」

「説得……」

「そうだ。おぬしが浪人したとして、そのまま越中守さまは放置してくださるはずはなかろう」

「なにを仰せか。浪人してしまえば、どこへ行こうがなにをしようが、もう越中守さまの指示を受けずともすみましょう」

代償として禄を捨てるのだ。代わりに思うがままの日々を手にして当然だと鷹矢は述べた。

「朝廷と幕府の間に横たわる闇を見た者を、そのまま世間に出すほど、越中守さまは甘くはない」

「闇……」

「まったく、なにも教えられずに京へ出されたのだな、おぬしは。越中守さまがなにをなさりたいのか、よくわからなくなってきたわ」

大きく黒田伊勢守がため息を吐いた。

「幕府と朝廷は、開闢《かいびゃく》以来ずっと戦い続けている。もちろん、武力を使ってではない。目に見えぬ権でな」

「……………」

鷹矢は傾聴するしかなかった。

「天下の主は、どちらか。朝廷と幕府の争いは突き詰めれば、そこに至る」

「徳川でございましょう。家康さまが天下を統一されたのでございまする」

鷹矢が口を挟んだ。

「ではなぜ、家康さまは征夷大将軍《せいいたいしょうぐん》になられた」

「それは幕府を開くためには、征夷大将軍にならざるを得ないからでございましょう」

尋ねた黒田伊勢守に、当たり前のことではないかと、鷹矢は答えた。

「矛盾に気づかぬか。家康さまは武力で天下を従えられた。家康さまにかなう者は、この国にいなくなった。ではなぜ、将軍などという位がいる。本朝ではないが、清や南蛮にある王というものになられればすむのではないか。征夷大将軍でなければ幕府は開けない。このような制限など無視できよう」

「……………」

鷹矢は反論できなかった。

「征夷大将軍だけが幕府を開ける。この決まりは誰が決めた」

「朝廷でございましょう……あっ」

「気づかれたか」

小さな声をあげた鷹矢に、黒田伊勢守がほっとした顔をした。

「幕府を開くには朝廷の許可が要る」

「そうじゃ。幕府は朝廷の下になる。言わずもがなだが、力は圧倒している。だが、これは事実なのだ。朝廷、いや、天皇こそ、本朝の主。これは神代の昔から決まっている。なれど朝廷に天下を治めるだけの力はない」

「名前の朝廷、実の幕府」

「そのとおりよ。それを家康さまはなんとかなさろうとした。名と実を一つにまとめようとお考えになられた。そのために二代将軍秀忠《ひでただ》さまの姫を天皇の女御《にょうご》に押しこんだ」

秀忠の五女和姫は、後水尾《ごみずのお》天皇の女御として入内《じゅだい》、後、中宮《ちゅうぐう》となった。

「お二人の間に生まれた和子《わこ》さまを、天皇の位におつけし、朝廷も徳川が支配しようとした。しかし、和姫さまは二男五女を儲けられたが、男子お二人は夭折《ようせつ》、長女がのちに明正《めいしょう》天皇となられたが、女帝は夫君を持たずでお血筋は天皇家のなかに残らなかった」

「男子お二人が……」

鷹矢が嫌な予感に表情をゆがめた。

「幕府が和姫さまを送りこんだ。これは幕府の攻め手。では、それに応じたのは……」

口にしていいことではなかった。

二人は逃げた。

「なぜ、そこまでして幕府は朝廷を手にしようとするのか」

「朝廷が、他の大名を征夷大将軍に任じないようにでござるな」

鷹矢が答えた。

「うむ。なんとしてでも朝廷の権威を守りたい者、どうにかして奪いたい者。泰平の世なればこそ、武力での戦いではなく、闇での応酬になっているが、それを幕府と朝廷は二百年近く繰りひろげてきた。そして、今回、幕府と朝廷、そのどちらからも火種が出た。下手をすれば、闇だった戦いが表に出かねぬ。もし、表沙汰になれば……」

「幕府は簒奪者《さんだつしゃ》として批難される」

「その代わり、朝廷は幕府から与えられている禄を失う。表だって敵対したのだ。敵に塩をおくるような馬鹿はおらぬ」

黒田伊勢守が付け足した。

「わかったであろう。天下を揺るがしかねぬ事態に、おぬしはかかわったのだ。離れられるのは、密かに勝負がついたとき。朝幕のどちらが勝ったにしてもな。そしてもう一つは、おぬしが死んだとき」

「……………」

言われて鷹矢は言葉を失った。

「さて、あまりお引き留めするわけにもいかぬ。そろそろお帰りあれ」

用はすんだと黒田伊勢守が、帰宅を促した。

三

仙洞御所前の役屋敷へ戻った鷹矢は、疲れ果てていた。

「殿さま、どうなさいました」

小者の次郎太が、その様子に驚いた。

「なんでもない。夕餉《ゆうげ》は馳走《ちそう》になった。風呂はよい。寝る」

鷹矢は、一日身につけていた窮屈な衣冠を少しでも早く脱ぎたいと考えていた。

「江戸より三内《さんない》さまが着かれました」

次郎太が告げた。

三内は鷹矢が生まれる前から東城家を支えている用人である。転勤によりいろいろな手続きや手配をおこなわなければならなかったため、京への到着が鷹矢より遅れたのである。

「明日朝、顔を出すようにとな」

江戸での報告があるとわかっていても、聞くだけの気力が鷹矢には残っていなかった。

「そのように」

頭を下げた次郎太が書院を出ていった。

「……なにをさせたいのだ、越中守さまは」

鷹矢は夜具に横たわりながら、困惑した。

習慣というのは怖ろしいものである。早くに夜具に入りながら、いろいろと思案していたため、夜半を過ぎてやっと寝付けた鷹矢だったが、朝はいつものように夜明け前に目覚めた。

「…………」

夜着のまま、素足で庭へ降りた鷹矢は、日課としている素振りを始めた。

「一日、剣を振らねば、三日修行は戻る」

鷹矢の師匠、阪崎《さかざき》兵武《ひょうぶ》の言葉である。

江戸にいたころは、剣なぞ鈍っても困らないと思っていた鷹矢だったが、公儀御領巡検使をしていたときに、何度も襲われた結果、考えをあらためた。よほどの大雨か、なにか御用でもないかぎり、日課として真剣での素振りを二百繰り返した。

真剣での素振りは危ない。

疲れて手の力が抜けても、足を滑らせても、振り下ろした太刀を臍《へそ》の高さで止められなかったとしても、怪我をする。失敗しても打ち身ですむ木刀とは緊張が違った。

らであった。

「はっ。やっ」

それでも鷹矢が真剣での素振りをおこなうのは、木刀との違いを実戦で痛感したか
真剣は鉄の塊《かたまり》である。当然、木刀よりも重い。重いものを振れば、どうしても外へと引っ張られる。思ったよりも切っ先は遠くまで届くかわりに、振った太刀の勢いに引きずられて体勢を崩しかねない。

命をかけた戦いで、生まれて初めて真剣を使った鷹矢は、不慣れさに震えあがった。馴染《なじ》みのない武器に、命を預ける。鷹矢はその恐ろしさに気づいてしまった。

「しゃあ」

振り落とした太刀を、手首の返しで斬り上げに変える。

「おうやっ」

斬り上げの途中で太刀を止め、そのまま突く。腕を伸ばしきる前に、太刀を引き、そのまま袈裟《けさ》掛《が》けへ移行する。

鷹矢の稽古は、実戦を想定したものであった。

「とうりゃあ」

昨夜の煩悶《はんもん》を消し去るかのように、鷹矢の稽古は激しさを増した。

「殿」

一通り身体を動かした鷹矢に、三内が呼びかけた。

「おはようございまする」

「ああ」

ていねいに一礼した三内に、鷹矢は軽く応じた。

「湯の用意ができておりまする」

朝風呂の準備が整っていると三内が告げた。

「助かる」

昨夜は風呂に入らず、朝から汗を掻《か》いた。さすがにこのまま参内《さんだい》するわけにはいかなかった。

京は井戸を掘れば、水が出る。水を樋《とい》で多摩川から運んでくる江戸と違い、風呂も蒸し風呂ではなく、湯船があった。

「ふうう」

湯に浸かった鷹矢は、肺のなかの空気を一気に吐き出した。

「御髪を洗わせていただきましょう」

浴室に三内が入ってきた。

「頼む」

湯船からあがった鷹矢は、簀《す》の子《こ》の上に座った。

まともな武家は、女に髪を触らせない。主君の髷《まげ》を手入れするのも家士の重要な役目であった。

「元結いは後ほど」

むくろじの実を乾かし、細かく砕いたものを使って、鷹矢の髪を三内はきれいにした。

「うむ」

うなずいて鷹矢は風呂を出た。

「江戸のことは、帰ってきてからでよいな」

「けっこうでございまする」

さほど急を要する用件もないと三内が首肯《しゅこう》した。

髪を結われている間に、湯漬けを食った鷹矢は、昨日と同じ刻限に役屋敷を出た。

「変わりはないか」

御所に着いた鷹矢は武者部屋へ顔を出し、異常がないことを確認、そのまま日記部屋へと入った。

「おはようござる」

鷹矢に続くように、黒田伊勢守が日記部屋へ出勤してきた。

「昨日は、いかいお世話になりましてござる」

「いやいや、なんのおもてなしもできず、失礼をいたした」

礼を述べた鷹矢に、黒田伊勢守が手を振った。

「では、伺候部屋へ移りまする」

弁当などの私物を置いた黒田伊勢守が、さっさと日記部屋を出て行った。

「…………」

昨日の話をもう少し突き詰めて聞きたかった鷹矢は、その素早さに唖然とした。

「あれ以上の話をする気はないと」

鷹矢は黒田伊勢守の態度をそう読んだ。

「よろしいか」

部屋の隅で控えている仕丁に、鷹矢は声をかけた。

「御用でっしゃろか」

二人いる仕丁のうち、歳嵩《としかさ》のほうが応じた。

「おぬし名前は」

「仕丁の土岐水裳《ときみなも》でござりまする」

歳嵩の仕丁が名乗った。

「訊きたいのだが、おぬしたちはなんのためにここにおる」

鷹矢が問うた。

「禁裏付さまの御用を果たすためでございまする」

土岐が告げた。

仕丁は労力として朝廷に差し出され、雑用に従事した。やがて公家たちの力が強くなるにつれて、荘園から無給で雇い入れる小者へと変化し、武家の天下になるとそのまま公家領から雇われる雑用係となった。

当然、朝廷領からも仕丁は徴発され、禁裏での雑用を担当した。

「その御用なのだがな」

「お待ちを」

言いかけた鷹矢を土岐が制した。

「お口にしはったらあきまへん」

土岐が首を左右に振った。

「……」

鷹矢は黙った。

「今日は、このままお屋敷へお帰りやす」

なんにもせず、一日を過ごせと土岐が言った。

「そうか」

鷹矢は仕丁たちから目を離した。


無為に過ごすしかないというのは、なかなかに辛い。それを当然の権利として甘受できる性格ならばいいのだろうが、鷹矢には無理であった。

「越中守さまのご意志を果たさねば……」

松平定信は幕府を一人で取り仕切っている。将軍家斉は若く、飾りとまでは言わないが、政を自らおこなう気もない。老中たちは皆、松平定信の引きでその地位まであがった。言い方は悪いが、御用部屋は松平定信の言いなりである。

鷹矢も松平定信にどういう理由であれ、目をつけられて禁裏付を押しつけられた。松平定信がどこまで鷹矢に成果を求めているのかはわからない。だが、まったくなにもしていない現状を認めてくれるはずはなかった。

「朝廷を意のままに操れるように、その弱みを探れと言われても……」

禁裏付役屋敷に帰って鷹矢は、仰々しい装束を脱ぎ、身軽な着流し小倉袴の姿になってくつろぎながらも、苦吟していた。

「今上さまにはお目通りさえかなわぬ」

幕府を代表して朝廷を管理しているとはいえ、禁裏付は従五位下でしかない。ほとんどの譜代大名と同格だが、五位や四位は朝廷でいけば下級である。

かつて三代将軍家光《いえみつ》の乳母春日局《かすがのつぼね》が、天皇へ謁見を強要したとき、無位無冠では無理だと拒んだ朝廷へ、幕府はとんでもない無理をした。

幕府は朝廷に圧力を掛け、春日局を従三位にさせたのだ。

「あまりに傲慢《ごうまん》」

「たかが将軍の乳母が、大臣の位など」

もちろん反発は強かったが、それを幕府は武力で脅した。

だが、そのときと世のなかが変わった。幕府から武力が消えた。前例を無視して、朝廷を抑えこんできた幕府が、慣例で動くようになった。春日局の例も前例には違いないが、それは将軍の乳母だけに許されたという条件付きである。たかが禁裏付のために、幕府は強権を使わなかった。

「毎日、日記に一行の墨を落とすだけで、いいわけはない」

鷹矢は悩んでいた。

「殿」

小者の次郎太が顔を出した。

「どうした」

「殿にお目にかかりたいというお方が」

「……誰だ」

「土岐さまと言われました」

「……仕丁の土岐か。わかった。通せ」

次郎太へ、鷹矢が許可を出した。

「夜分に失礼を」

すぐに土岐が次郎太に案内されて来た。

「いや、気にしないでくれ。どうせ、まだ寝るわけではないからの」

鷹矢が手を振った。

「わざわざ屋敷まで、何用で参った」

来訪の目的を鷹矢は問うた。

「本日お問い合わせのことでおます」

土岐が答えた。

「ふうむ」

鷹矢は腕を組んだ。

「あの場で質問をさせなかったのは、なぜだ」

まず最初に鷹矢は疑問を口にした。

「他のもんがいてましたから」

「もう一人の仕丁か」

日記部屋には二人の仕丁がいた。

「あの仕丁がいて、都合が悪いのか」

「悪うおますわ。あそこで禁裏付はんが質問されたら、そのまま広橋はんへ、伝わりましたで」

「……あいつは広橋中納言どのの手の者だと」

「そうでんな。出が広橋はんの御領地でっさかい。今頃、今度の禁裏付もなんもわからん飾りやと伝わってますやろ」

「待て、禁裏の仕丁は朝廷領から集めるのではないのか」

鷹矢が首をかしげた。

「そんなもん、全部雇えるほど朝廷領に金はおまへんわ」

土岐が苦笑した。

「なるほどな。余裕のある公家が仕丁を差し出していると」

「…………」

無言で土岐が鷹矢を見た。

「それが禁裏のなかの動きを探る役目をしているのだな」

「けっこうでんなあ」

鷹矢の言葉に、土岐が笑った。

「気づかれへんようやったら、このまま帰る気でしてん」

土岐が告げた。

「なにがしたい」

鷹矢は問うた。

「わかりまへんか。ずいぶんと大きなきっかけを出してますねんけどなあ」

土岐が口の端を吊り上げた。

「広橋中納言さまの仕丁と同じことをすると申すか」

「さいで」

くだけた口調で、土岐がうなずいた。

「金で飼われるのか。朝廷の仕丁、いや、天皇家の仕丁が」

鷹矢は驚いた。

「名誉で飯は喰えまへんよってなあ」

土岐が悪びれずに応えた。

「………」

鷹矢はなんともいえない顔をした。

「ああ、言うときますけど、主上のお話はしまへんで。しようと思うたところで、でけまへんけどな。なんせ、身分卑しき仕丁でっさかい。帝のお姿が見える場所へは入れまへんよって」

「ではなにをするというのだ」

「わてが禁裏で詰めているとき、偶然耳にしたお公家衆のお話なんぞを、お聞かせするちゅうことですわ」

訊いた鷹矢に、土岐が述べた。

「前任の西旗大炊介どのにも話を持ちかけたのか」

「いいえ。あなたはんが最初ですわ」

土岐が首を横に振った。

「では、なぜ、吾に話を持って来た」

厳しい目で鷹矢が土岐をにらんだ。

「嫁に行った娘が、子を産みましてん。祖父としていろいろ助けてやりたいんですわ」

土岐が理由を語った。

「…………」

鷹矢は思案した。

「断ったらどうする」

「他のお方を探しまっさ」

あっさりと土岐が口にした。

「わかった。だが、さほどはやれぬぞ」

「おおきに」

了承した鷹矢に、土岐が頭を下げた。

# 第三章　捨て姫

## 一

松波雅楽頭は、御所を少し離れた下級公家の屋敷が集まっている御所の東南へと足を運んでいた。

「下御霊神社《しもごりょう》から二筋東を北に……ここか。噂ほどであればよいがの」

同じような作りの小規模な屋敷が並ぶ一軒を松波雅楽頭が訪れた。

「二条家司松波雅楽頭じゃ。御当主にお目にかかりたい」

陪臣《ばいしん》とはいえ、松波は従五位下である。下手な公家よりも格は高い。松波雅楽頭は、横柄な態度で訪《おとな》いを入れた。

「へ、へい」

薄汚れた単衣《ひとえ》一枚の雑司が、あわてて建物のなかへ駆けこんでいった。

「……ひどいな」

雑司の格好もだが、なにより屋敷の傷み具合がすさまじかった。

「南條の家禄は百五十石だったか、官位は従六位上弾正大忠《だんじょうだいちゅう》、端公家の代表だな。これならば……」

玄関前で手持ちぶさたに待たされながら、松波雅楽頭はほくそ笑んでいた。

「お、お待たせをいたしました。主がなかでお待ちいたしておりまする」

戻って来た雑司が、何度も頭を下げながら、松波雅楽頭を案内した。

「ああ、お気をつけて。板が腐っておりますので、おみ足を踏み抜かれませぬよう」

危ないところを雑司が指さした。

「…………」

無言で松波雅楽頭が、またいだ。

「よ、ようこそのお出ででござる」

六畳ほどの板の間で、南條弾正大忠が待っていた。

「松波雅楽頭じゃ。二条家にお仕えしておる」

敷物もない板の間に、直接座りながら松波雅楽頭が名乗った。

「二条さまの……」

南條弾正大忠が、息を呑んだ。

従六位ていどの端公家にとって、摂関家は雲の上どころの騒ぎではなかった。

「なんの御用でございましょう」

背筋を伸ばして南條弾正大忠が問うた。

「貴殿には娘がおったの」

「はい。二人おりますが……まさかっ」

うなずいた南條弾正大忠が、表情を輝かせた。

「大納言さまが、吾が娘をお召しに……」

端公家の娘が摂関家や清華、羽林などの名門当主から望まれて、側室となることは多かった。これは、端公家の娘としては大出世であった。もし、寵愛《ちょうあい》深く男子を産み、その子が家督を継ぎでもすれば、当主の生母として格別の扱いを受けられる。また、実家も縁戚として引きあげてもらえる。さすがに家格をあげることまでは難しいが、官位の昇格はある。そして一度でも官位があがると、それが前例となり、子々孫々まで恩恵を受けられた。

他にも娘の産んだ男子を次期当主として実家が引き受けた場合は、名門の血筋となり、家格があがることもある。同母の兄が摂関家を継ぎでもすれば、まずまちがいなく出世する。

「かたじけなき仰せで」

南條弾正大忠が歓喜した。

「どちらの娘でございましょう。いえ、どこでお目に留まりましたやら。いや、でかした」

浮かれた南條弾正大忠が腰を浮かせた。

摂関家が端公家の娘を見る機会などまずなかった。

「お出かけのおり、牛車の御簾《みす》隙からでも、お見初《みそ》めいただいたので」

摂関家は歩かない。馬に乗ることもなく、かならず牛車に乗った。牛車は下手に歩くよりも遅い。乗っていると退屈でしかたない。かといって牛車のなかは暗く、書見や書きものなどをするのも難しい。となれば外を見るしかない。外からなかを窺《うかが》えないように掛けられている御簾は、内からならよく見える。牛車に乗っている公家が、外を歩いている女を見初めるのは、そう珍しい話ではなかった。

「……考え違いをしては困るの」

わざと一呼吸置いてから松波雅楽頭が南條弾正大忠を制した。

「えっ……」

南條弾正大忠が一瞬、啞然とした。

「では、雅楽頭さまが」

かなりの歳だが、年老いてから若い女を求める高位の公家は多い。松波雅楽頭がそうだとしても不思議ではなかった。

「それでもありがたいことでござる」

二条家の司ともなれば、下手な公家よりも裕福である。女の実家への援助はまちがいない。南條弾正大忠が、すぐに笑顔を復活させた。

「あいにくじゃの」

それも違うと松波雅楽頭が否定した。

「では、どなたさまで。ま、まさか。今上さまのお側に……」

摂関家に天皇へ嫁がせる頃合いの姫がないとき、他家の娘を養女として差し出すこともあった。当たり前だが、天皇の寵愛を受けられなければ意味がないため、家柄よりも見目が重要視された。

「夢を見過ぎじゃ」

松波雅楽頭があきれた。

「……………」

南條弾正大忠が黙った。

「娘を差し出す相手は、禁裏付じゃ」

「禁裏付……武家のもとへ差し出せと」

言われた南條弾正大忠が、途端に表情を暗いものにした。

「五年で捨てられろと言われるか」

南條弾正大忠が、松波雅楽頭を見た。

「いいや、妾ではない。正室としてじゃ」

「正室……」

南條弾正大忠が戸惑った。

禁裏付は、旗本である。旗本の正室に公家の娘が入るのは、いろいろと制約があって難しい。それを南條弾正大忠は知っていた。

「武家との婚姻は……」

「大事ない。そのあたりは、二条が責を持つ」

松波雅楽頭が保証した。

「二条さまが責任を……」

摂関家の力は幕府にも及ぶ。二条家の名前は大きい。

「ですが、なぜ吾が娘に」

ようやく南條弾正大忠が最初にしておくべき質問をした。

「まず、娘御二人が評判の美形だということ」

松波雅楽頭が指を折った。

公家はすることがない。左大臣だ、大納言だといったところで、天下の政は幕府が一手に握っており、公家が口出しできる状況ではなかった。名のある公家たちが集まっておこなう朝議も、議題はまずなく、ほとんど誰を次の中納言にするかなどの人事で終始した。

かといって人事だけで、毎日が潰れるわけもなく、暇は続く。となれば、他人の噂話をするしかなくなるのだ。

「つぎに、姉妹ともに歌会などで、名が知れている。ようは賢いということだ」

「お褒めに預かり、恐縮でござる」

娘二人を称賛されて、南條弾正大忠が礼を述べた。

「そして、なによりさほどの身分ではない」

「……うっ」

最後に南條家を落とした松波雅楽頭に、南條弾正大忠がうめいた。

「禁裏付と婚姻をさせたところで、どうということのない血筋。南條家に、摂家の血は入っておらぬであろう」

「…………」

確認された南條弾正大忠が、無言で肯定した。

「輿入れした貴殿の娘御が、子を産んでも、朝廷にはなんの影響もない。これが重要なのだ。もし、二条家の姫がそうなれば、将来、その子が摂関家を継ぐこともありえるからの」

血筋を何よりと考える公家である。武家の荒々しい血を系譜に入れるのを嫌っていた。

「そんな……」

身分は低いとはいえ、南條家も公家である。二条はだめだが、南條なら武家の血を受け入れても問題ないと言われては、辛い。南條弾正大忠が情けない声を出した。

「喰えぬよりはましであろう」

「…………」

百五十石の公家は、年になおして六十両ほどの収入になる。それで雑司を一人抱え、身分にふさわしい身形をし、格式に応じたつきあいをしなければならないのだ。とても余裕などないどころか、産業がなく、すべての食料品や生活用品を他国から持ちこむしかない京の高い物価では、足りない。

南條家もご多分に漏れず、貧していた。

「もちろん、相応のことはする」

「……どのような」

南條弾正大忠が、窺うような目で松波雅楽頭を見た。

「官位をあげるわけにはいかぬが、移してやろう」

松波雅楽頭が言った。

「弾正から他へ……」

南條弾正大忠が、声を高くした。

弾正は、宮中における目付のようなものであった。左大臣以下の非違を監察でき、天皇へ奏上するのが役目であった。とはいえ、公家の捕縛や訴追については刑部省《ぎょうぶ》の担当であり、独自の行動は許されていなかった。

もともと有名無実であったが、非違を検《あらた》める天皇の使い、検非違使《けびいし》が新設されると、その持っていた権限すべてを奪われ、弾正は閑職の最たるものになった。当たり前のことだが、名前だけの地位に人は寄らず、出世もない。弾正と名の付く官職を与えられた者は、皆消沈した。

「どうだ、蔵人《くろうど》で」

「蔵人……ありがたし」

松波雅楽頭の出した名前に、南條弾正大忠が跳びあがらんばかりに喜んだ。

蔵人は天皇の右筆《ゆうひつ》のような役目であった。天皇と上皇の対立の狭間から生まれたこともあり、秘書のような仕事をこなした。やがて天皇の側近として力を蓄え、御匣《みくしげ》殿《との》、作物所《つくもどころ》、進物所《しんもつどころ》、御書所《ごしょどころ》、楽所《がくそ》などを支配、天皇の家政一切を司るようになった。

天皇の衣服を扱う御匣殿、貢ぎ物を取り次ぐ進物所など、御用商人とのつきあいも多く、余得もかなりあった。

「六位蔵人ならば、出世の機会も増えるであろう」

蔵人は毎年正月に昇爵の対象となり、長く務めたものは五位へとあがるのが慣例であった。

「これで不満だというならば、他に話を持っていくが」

「……とんでもございませぬ」

言われた南條弾正大忠が、慌てた。

「そうか。それはめでたい。大納言さまもお喜びになられよう」

ゆっくりと松波雅楽頭が首肯した。

「では、早速だが、娘を見せてもらおう」

横柄に松波雅楽頭が命じた。

「た、ただちに。しばし、お待ちを」

南條弾正大忠が、駆け足で奥へと消えた。

「……着飾らずともよいものを。吾が娶るわけではないのだぞ」

かなり待たされている松波雅楽頭が嘆息した。

「お待たせをいたしましてござる」

たっぷり半刻（約一時間）ほど経って、ようやく南條弾正大忠が、戻って来た。

「うむ」

いい加減くたびれていた松波雅楽頭が、面倒くさそうな返事をした。

「路子《みちこ》、温子《あつこ》、入りなさい」

「はい」

「いま」

南條弾正大忠の指示に、二人の若い女が姿を見せた。

「最初が姉の路子、当年十九歳になりまする。後から続きましたのが次女の温子、十七歳になりまする」

手で指し示しながら、南條弾正大忠が紹介した。

「二条家司の松波雅楽頭である」

松波雅楽頭も名乗った。

「畏れ入りまする」

「お初にお目もじをいたしまする」

二人そろって頭を下げた。

「ふむう。噂に違《たが》わぬ美形じゃの」

ゆっくりと姉妹を見た松波雅楽頭が感心した。

「…………」

「お褒めにあずかり、うれしく思いまする」

姉は真っ赤になってうつむき、妹はにこやかにほほえんだ。

「……そなたたちは、吾がここに来た理由をしっておるか」

松波雅楽頭が問うた。

「はい」

「父より伺いましてございまする」

姉と妹がうなずいた。

「……武家を一人、籠絡《ろうらく》いたせとのこと」

一瞬、姉を見た妹が答えた。

「そうだ。これは南條家の、そして二条家、ひいては朝廷すべてのためになることだ。女の身としてしてのけるだけの覚悟はあるか」

操を犠牲にすることになると松波雅楽頭が宣した。

「…………」

姉が黙った。

「その代償は、まちがいなく」

妹が松波雅楽頭を見つめた。

「約束する。次の朝議で、二条家は南條どのを六位の蔵人に推薦いたそう」

はっきりと松波雅楽頭がうなずいた。

「ありがとうございまする」

温子が手を突いた。

「なにを言っているの、温子」

路子が唖然とした。

「武家などに、その操を奪わせるなど……」

「姉さま」

興奮している路子に、温子が落ち着いて呼びかけた。

「このままでいけば、そう間もなく、どちらかが捨てられましたでしょう」

「そのようなことは……」

言いかけた路子が、父のほうを見た。

「…………」

南條弾正大忠が顔を逸らした。

「父さま……」

無言で突きつけられた現実に、路子が愕然とした。

「姉さま、今年に入ってから、餉の品が三日に一度になりました。二日に一度が、三日に一度。このままでは、菜がなくなる日も近いでしょう」

「…………」

指摘に路子が黙った。

「わたくしが捨てられたところで、そう長くは保ちませぬ。いずれ南條家は、血筋を売るしかなくなりまする」

血筋を売る。姉に商人の次男や三男を婿に迎え、家督を譲ることである。こうすることで、商人の援助を受けられ、その金で官位や役職を買う。家としての出世はできるが、庶民の血を受け入れた公家など、周りから相手にされなくなる。相手にされないとはいえ、役目もある。そういったつきあいは変わりない。

だが、私的なつきあいが断たれた。

私的なつきあいとは、歌会、花見、月見などの行事から、婚姻にまで及ぶ。歌会や月見に招かれなくとも困りはしないが、婚姻を拒まれるのは痛かった。

ならまた商人から婿を取る、嫁を迎えればいいとはいかないのだ。公家は血のつながりを大事にする。一族に手をさしのべるのは、公家の習い性ともいえる。これが途切れてしまう。当然、任官や出世に支障が出てくる。そのころには、実家の商人とも縁が薄くなっている。なにより商人は、無駄なことに金を出さない。こうなれば、没落するしかなくなる。

公家という狭いつきあいのなかで、省かれる。そんな公家の血筋を買う者はいない。いずれ南條家は絶家になる。

南條家は潰れる寸前であった。

「情けなきよな」

娘に指摘されて南條弾正大忠が肩を落とした。

「なら、わたくしが、最初に」

路子が妹をかばおうとした。

「無理なさらないで、姉さま」

小さく笑いながら、温子が首を左右に振った。

「姉さまには、耐えられませぬ」

「そんなことはない。わたくしにも覚悟がありまする」

路子が否定した。

「武家に身体を汚された翌朝、姉さまは、死にましょう」

「…………」

妹の指摘に、姉が黙った。

「決まったの」

姉妹の遣り取りを見ていた松波雅楽頭が声をあげた。

「任の最中に死なれては、困る」

松波雅楽頭が温子を見た。

「いいのだな」

「はい」

温子が、松波雅楽頭の確認に首肯した。

「では、弾正大忠どの。お預かりする」

「よろしくお願いをいたしまする」

南條弾正大忠が、頭を下げた。

二

禁裏付の仕事に、朝廷の治安があった。

「御所のうちを見学させてくれようず」

日記部屋に出務した鷹矢を、広橋中納言が誘いに来た。

「かたじけなし」

鷹矢は感謝して広橋中納言の後に続いた。

御所は天皇の住居と朝議をおこなう議定所に分かれていた。

「日記部屋を出た正面が大台所じゃ」

広橋中納言が、障子を引き開けた。

「大台所……中央に囲炉裏《いろり》が切られている。ここで禁中に詰めておる者の食事が作られておる。もちろん、摂家や我ら高位の公家は、館から昼餉《ひるげ》を持参しておるでの。ここで施しを受ける者は、禁中で働く下位の者だがの」

広橋中納言が説明した。

「拝見」

鷹矢もなかを覗いた。

「右手の土間の角に、台所の雑用をこなす仕丁どもが詰めておる。その奥が木臭部屋じゃ」

「木臭とはなんでございましょう」

聞き慣れない言葉に、鷹矢は首をかしげた。

「薪じゃ。薪の臭いが強いので、そう呼んでおる」

「お教えかたじけなし」

鷹矢は頭を下げた。

「その左が、賄衆の詰め所。それを貫いて廊下を渡った左に内々《うちうち》番、右に外様《とざま》番が控えおる」

笏で広橋中納言が示した。

「ああ、わからぬな。内々とは、禁裏の建物のなかを守る武官じゃ。外様はわかるだろう。庭を見回る者のことだ」

「は、はあ」

続けざまに言われた鷹矢が混乱した。

「付いて参れ」

戸惑う鷹矢を無視して、広橋中納言が大廊下を進み始めた。

「ここを左に行けば、武家伺候の間じゃ。将軍が参内したときはここに控える」

天下人の徳川将軍家でも、禁裏に来れば天皇の臣下である。天皇の居所あるいは謁見の間から離れた場所で控えなければならなかった。

「で、こちらに曲がって、囲炉裏の端を通り過ぎた右、ここが麿たち伝奏衆が詰める伝奏部屋じゃ」

広橋中納言が足を止めた。

「そなたの身分では足を踏み入れることはできぬ」

冷たく広橋中納言が告げた。

「では、もしわたくしが中納言さまにお目通りを願うときは、どのようにいたせば」

禁裏付にとって武家伝奏がもっともつきあいの深い相手になる。鷹矢が問うた。

「仕丁を使え。禁中のどこにでも仕丁がおる。そやつに頼めば、麿に伝わる」

「はっ」

鷹矢が首肯した。

「もっとも会ってやるかどうかは、麿の都合じゃがの」

「…………」

鷹矢は鼻白んだ。

「での、この道をまっすぐに行き、廊下を渡れば紫宸殿《ししんでん》に至る。わかっておるだろうが、決して足を踏み入れるでないぞ。もし、そのようなまねをいたせば、役目を失うのはもちろん、家ごと潰されると思え」

広橋中納言が脅した。

「重々心いたしまする」

了解したと鷹矢は応じた。

「さらに、伝奏部屋の真正面、細い廊下があるが、あれを行くことはならぬ。あの先こそ、今上さまがお住まいの御常御殿である。許された者以外は、近づくこともできぬ」

「ははっ」

鷹矢は深く頭を垂れた。

「あと一つ、反対側の武家伺候の間の向こうにも注意いたせ。立ち入りは禁じられておらぬが、禁中に仕える女御や女孺《にょじゅ》の詰め所がある。うかつなところで見かけられれば、不義を疑われることになる」

「行かぬようにいたしまする」

広橋中納言の忠告を鷹矢は受け止めた。

「お伺いしても」

鷹矢が許可を求めた。

「なんじゃ」

「近衛さま、一条さまなど、お公家の方々はどこにお詰めあそばすのでございましょう」

江戸城にも老中たちの詰め所はある。形だけとはいえ、朝議をおこなうのだ。禁裏にも控えとなる場所があるはずだと鷹矢は問うた。

「摂関家などは、唐門《からもん》を潜《くぐ》ったところにある車寄せから昇殿し、廊下を渡り紫宸殿に近い殿上《てんじょう》の間《ま》におられる。また清華や名家、久我なども家格に応じて席がある。殿上の間にいたる途中の右手に座敷があり、公家部屋と呼んでおる。公家部屋は、上から虎、鶴、櫻と三つに分かれておる」

広橋中納言が説明してくれた。

「かたじけのうございまする」

ていねいに鷹矢は腰を折った。

「うむ。わかっておると思うが……」

じっと広橋中納言が鷹矢を見つめた。

「後日、五摂家方へのごあいさつが終わりましたのちに、あらためて御礼を」

広橋中納言の言いたいことを鷹矢は悟った。

「うむ、うむ。待っておるぞ」

にこやかに笑った広橋中納言が、伝奏部屋へと入っていった。

一人浮かべば、数人沈む。それが政の常である。

松平越中守定信が老中首座となるに伴って、水野出羽守《でわのかみ》忠友、松平周防守《すおうのかみ》康福《やすよし》の二人が老中を罷免された。

「おのれ、越中守」

「うむ」

水野出羽守と松平周防守が二人、酒を酌み交わしていた。

二人とも田沼主殿頭の引きであり、松平定信にしてみれば政敵になる。捲土重来《けんどちょうらい》を狙っているのではないかと、松平定信の警戒を招いて当然なのだが、その様子はなかった。

二人が堂々と会えているには、事情があった。

松平周防守は、老中を罷免されると従弟《いとこ》に家督を譲り、隠居したのだ。隠居してしまえば、世のしがらみからは解き放たれる。

当主であったときには許されなかった不意の外出、敷物、火鉢の使用ができるなど、かなり融通が利くようになった。

「心が狭いにもほどがあるわ」

不満を水野出羽守が口にした。

「養子を離縁して、主殿頭とのかかわりを断ったというに、越中め、儂の願いも無視して、罷免してくれた」

水野出羽守が憤懣《ふんまん》やるかたないといった顔をした。

「出羽守どのよ。それはいたしかたあるまい。貴殿の養嫡子だった忠徳は、主殿頭の息子であったのだ。いわば、貴殿と主殿頭は一つ穴の狢《むじな》」

冷たく松平周防守が返した。

「田沼ごとき成り上がりの息子を跡継ぎにすることで、老中まであがったのだ。主殿頭失脚と同時に離縁したからといって、世間は納得せぬよ」

「…………」

水野出羽守が黙った。

「儂こそ不幸じゃ。たしかに主殿頭の引きで老中にはなったが、そのあとは迫害されていた。老中首座が勝手掛を兼任するのが慣例であったのを、貴殿に勝手掛を奪われたりしたではないか。儂は御用部屋に残されて当然だった」

今度は松平周防守が愚痴をこぼした。

「都合のよい改変は止《や》めい。勝手掛をたしかに、儂は主殿頭から預けられた。だが、そのかわり、おぬしには一万石の加増があったではないか。そういえば、貴殿は娘を主殿頭の息子山城守意知《やましろのかみおきとも》に嫁がせていたの。殿中刃傷直後に引き取ったと聞いたが」

「……………」

今度は松平周防守が黙った。田沼主殿頭の嫡男、若年寄山城守意知は、殿中で新番組旗本佐野政言に襲われ、その傷がもとで死んだ。これが、飛ぶ鳥を落とす勢いで幕府を壟断《ろうだん》していた田沼主殿頭意次の躓《つまず》き始めとなった。

「止めよう、不毛じゃ」

「そうだの」

かつての老中二人も、権力の座から落ちればただの老爺《ろうや》であった。

「ところで、周防守どのよ、聞いたか。一橋民部卿《みんぶきょう》のことを」

「いいや。隠居してから、とんと営中のことに疎くなった。一橋民部卿といえば、上様のご父君であろう。そのお方がどうかしたのか」

水野出羽守の言葉に、松平周防守が問うた。

「大御所の称号を上様に願われたそうだ」

「……それは無茶な」

松平周防守が驚いた。

「大御所は前の上様にのみ許された称号。いかに上様のご実父さまといえども、これは届かぬ。いや、届かせてはならぬ。たかが御三卿の当主ごときが、家康さま、秀忠さま、吉宗さまに比肩しようなどとは、傲慢にもほどがある」

「だの」

水野出羽守の憤りを松平周防守が認めた。

「だがの、そんな道理の通らぬ話を、あの越中が認めまい」

「それがどうやら、上様からの命となったらしいのだ」

首をかしげた松平周防守に、水野出羽守が答えた。

「上様からの……それはおもしろいの。越中にしてみれば、歯がみものじゃろう」

松平周防守が笑った。

「であろうな。おのれを田安家から追い出して、将軍継嗣の資格を奪った一人のために働かねばならぬのだからな」

水野出羽守も楽しそうな顔をした。

「まあ、この話は流れるであろうよ。越中がうまくごまかそう。仇敵《きゅうてき》のために働くほど、越中はお人好しではない」

笑いを消して、松平周防守が首を横に振った。

「そうでもないらしい」

「ほう、なにかあるのかの」

まだ楽しそうにしている水野出羽守に、松平周防守が身を乗り出した。

「どうやら、大御所称号獲得に、上様が厳命をくだされたらしい」

「厳命を……それはきつい」

松平周防守が驚いた。

将軍の厳命は、拒否も失敗も許されなかった。もちろん、厳命の内容によっては失敗することもある。だが、やむをえない事情があったとしても、失敗は咎《とが》められた。譜代大名、旗本は将軍の家臣である。老中首座であろうともそれは変わらない。しかも将軍、天下人の命である。その重さを維持するためにも、なにかしらの罰則は与えられた。

「少なくとも老中は辞めねばなるまいの」

うれしそうな顔で水野出羽守が述べた。

「越中が老中でなくなれば、貴殿にも再機が来る……それを望んで、当主を続けているのだろう」

「そうよ。あやつさえいなくなれば、もう一度執政に返り咲ける」

「…………」

決意を表明した水野出羽守に、松平周防守が沈黙した。

「手を貸せ、周防守」

不意に水野出羽守が口調を変えた。

「儂は隠居ぞ。家督は息子に譲った。もう、なんの力もない」

松平周防守が巻きこむなと手を振った。

「それはいいのだ。今、おぬしは下屋敷におるのだろう」

「ああ」

確認された松平周防守がうなずいた。

ときの権力者に睨まれたのだ。隠居したとはいえ、公邸でもある上屋敷に居続けるのはまずい。徹底して松平定信の目から逃れようとした松平周防守は、江戸城から離れた下屋敷へとひっこんでいた。

「下屋敷ならば、目立つまい」

「おぬし、それで儂を招いたな」

松平周防守の目つきが険しいものに変わった。

ときの老中首座に睨《にら》まれて隠居を余儀なくされた松平周防守である。親戚でさえ、巻き添えを畏れて近づいてこない。

親しく交流していた大名も、さりげなく絶縁を匂わす手紙を送りつけて、没交渉になった。松平周防守は世のはかなさに力をなくしていた。

そんなとき、かつての同僚から宴への誘いがあった。松平周防守が喜んで応じたのも無理はなかった。

「遣えるものはなんでも遣う。お互い執政をしていたのだ。それくらいはわかっておろう。隠居して鈍ったな」

「……ふん」

嘲弄された松平周防守が、鼻白んだ。

「とにかく、面倒はごめんだ。聞かなかったことにさせてもらう」

松平周防守が腰をあげた。

「馳走《ちそう》になった。隠居の身ゆえ、お返しはできぬが、ご壮健であられよ」

二度と会わないと暗に告げて松平周防守が、背を向けた。

「貴殿、まだ正式な隠居はしておらぬよな」

「……なっ」

背中にかけられた言葉に松平周防守が絶句した。

「そんなはずはない。すでに奥右筆に隠居の届け出と養嫡子への相続願いを出してある」

松平周防守が振り向いて、叫ぶように言った。

「奥右筆部屋で止まっているようだの」

水野出羽守が口の端をゆがめて笑った。

「きさま……」

笑いの意味を松平周防守が悟った。

「奥右筆に金を握らせたな」

「なにを言うか。どの書付から処理するかは、奥右筆の勝手だ。老中をしていたのだから、おぬしも知っているだろう」

薄ら笑いを浮かべたまま水野出羽守が口にした。

「ふん。きさまが出した金以上を払えば、問題はない」

松平周防守が、言い返した。

奥右筆は幕府にかかわるすべての書付を扱う。身分は軽いが、奥右筆の手が入らない限り、いかなる書付も効力を発しない。これは、老中たちに奪われていた権力を奪い返すために奥右筆を新設した、五代将軍綱吉以来の決まりであった。

そうなれば当然、書付を優先してもらいたい者が、奥右筆へ処理を急いでくれるようにとの賄《まいない》を贈る。

家督相続は大名、旗本にとっては死活にかかわる。緩和されたとはいえ、跡継ぎが決まるまでに当主が死ねば、家は取り潰しが幕府の祖法である。養子でもいれば、潰されはしないが、それでも無傷での相続は難しい。どこの大名家でも、家督相続の書付は、大急ぎで認可してもらわなければならないものであった。

「老中までしたおぬしにしては手抜かりであったな。いや、老中だったということで、書付は優先されると思いこんだか。奥右筆への手配りを忘れていたろう」

「むうう」

指摘されて、松平周防守が詰まった。

「奥右筆が怒っていたぞ。ないがしろにされたとな」

「……………」

松平周防守が苦虫を嚙《か》みつぶしたような顔をした。

「前例がございませぬ」

老中の提案でも、この一言で拒絶できる。だが、扱いは勘定衆よりも低い。権力はあるが、相応の身分を与えられていない奥右筆は、皆不満を抱えていた。

「今さら、金を包んだからといって、動いてくれるかの」

「……………」

打つ手を失った松平周防守が肩を落とした。

「手を貸せ、周防守。さすれば、儂がなんとかしてやる」

「……なにをすればいい」

少しだけ考えて、松平周防守が問うた。

「越中守の足を引っ張る手助けだ」

「どうやって。越中は今や幕府の頂点にある。落魄した我らでは、近づくことさえままならぬぞ」

松平周防守が力のない声で言った。

「江戸ではな」

「……どういう意味だ」

「大御所の問題は、江戸ではなく京で決まろう。朝廷に手を回し、勅許が出ぬようにしてやるのだ」

水野出羽守が述べた。

「朝廷に工作を仕掛けるというのか」

松平周防守が目を剝《む》いた。

「おぬしもわかっておるだろう。公家たちがどれだけ面倒な相手だかを」

「知っている。老中をしていたとき、どれほど公家どもの要求に泣かされてきたか」

水野出羽守が認めた。

「権威しか認めぬ公家たちをどうやって動かす気だ。儂もおぬしも、もう老中ではない。摂関家に会うことも難しい」

現実を松平周防守が口にした。

「儂は京へいけぬ」

難しい顔をしながら、水野出羽守が続けた。

「吾が領地は駿河《するが》の沼津。たとえ藩士といえども、沼津より遠い京へ人をやる理由がない。しかし、おぬしは違う。おぬしの領地は石見浜田《いわみはまだ》だ。国入りの途中で京へ立ち寄っても不思議ではない。いや、おぬしでなくてもよい。心きいたる家臣を向かわせるだけでもいい」

「ふむ」

水野出羽守の説明に松平周防守が納得した。

「京へいけるのはわかった。だが、公家との連絡は難しい」

「忘れたか、今の京都所司代が誰かを」

まだ悩んでいる松平周防守に水野出羽守が言った。

「京都所司代……戸田因幡守か」

松平周防守が手を打った。

「戸田因幡守は、我らと同士だ。江戸を離れた京にいたおかげで、粛清されずにすんでいるが、執政への道は越中守がおる限り断たれている。越中守さえ失脚すれば、戸田因幡守の未来も開ける。となれば、我らに力を貸すだろう」

水野出羽守が語った。

「ならば、戸田因幡守にさせればよいだろう。儂が手出しをせずとも」

松平周防守が、かかわりを避けようとした。

「遠い江戸から口だけで命じる者のために、誰が全力で働くと」

水野出羽守が松平周防守を馬鹿にした目で見た。

「それは……」

松平周防守が詰まった。

「わかった。儂が人を出そう。で、おぬしはなにをするのだ」

「金を出す」

水野出羽守が胸を張った。

「……金か」

松平周防守がうらやましそうな顔をした。

水野家は、駿河沼津三万石である。もとが七千石の旗本だったことを考えれば、大出世である。とはいえ、三万石は譜代大名としても小さい。だが、五万石の大名をこえる富裕を誇った。

海に面しているお陰で温暖な気候の駿河はものなりがよく、実高は倍以上あった。そのうえ、沼津は駿河で指折りの良港を持つ。港にはものや人が集まる。他にも物流の基点となることで、金が動く。港の繁華は、藩の財政を豊かにした。

一方、松平周防守は浜田六万四千石と石高だけでいけば、水野家の倍を誇った。しかし、石見浜田は、駿河沼津に比して寒冷地であり、表高よりも実高が少なかった。なによりも、松平家の不幸は、周防守康福一代の間に三度の転封を喰らったことにあった。

もともと松平周防守家は石見浜田を領していた。その後、寺社奉行になり、下総古河《しもうさこが》へ移動、三年後大坂城代になると三河岡崎へ転じ、老中となって浜田へ戻された。

大名の転封は、大事であった。使っていた城や館を修繕して引き渡し、家臣とその家族を連れて、大移動しなければならなくなる。さらに新しい土地での生活を始めるにも金はかかる。その費用は、大名家の藩庫を空《から》にするほどである。

松平周防守は、一代で三度も転封をさせられたのだ。とても余裕などない。いや、借財で身動きできない状態に陥っていた。

「これを」

水野出羽守が、違い棚から手文庫を取り、なかから金包みを十個取り出した。

「金包みが十。一つ二十五両、あわせて二百五十両ある。これだけあれば、なんとかなるだろう」

「……これが金包みか」

大名が金を遣うことはない。珍しそうに松平周防守が金包みを手にした。

「これを戸田因幡守に渡せばいいのだな」

「うむ」

「指示を出さずともよいのか。戸田因幡守は京都所司代じゃ。なにをすればいいか、わからぬのでは」

細かい指示を出さなくてもいいのかと松平周防守が確認した。

「大筋だけ決めて、細かいところは任すしかあるまい。何百里と離れているのだ。

一々指示などしておられぬ」

「大事ないか」

「それくらいできぬようであれば、執政にはなれぬ」

まだ危惧する松平周防守に、水野出羽守が告げた。

「わかった。この金を預かろう」

「役に立つ人を出せよ」

「わかっておる。江戸屋敷から人を選んで、京へいかせる」

念を押された松平周防守が苦い顔で首肯した。

三

監視には二つあった。

見張っているぞとわからせることで、馬鹿なまねをさせないという抑止のためのものと、気づかれぬように相手の様子を探り、なにをしようとしているかを見抜くためのものである。

「昨日、水野出羽守さまの中屋敷に、松平周防守さまが入られ、およそ一刻（約二時間）ほど滞在なされましてございまする」

徒目付津川一旗《つがわいっき》が述べた。

「本日、松平周防守さまの上屋敷から七名の藩士が出立、東海道を上りましてございまする」

同役霜月織部《しもつきおりべ》が続いて報告した。

「思ったよりも早かったの」

聞いた松平定信が笑った。

「おそらく、水野出羽守が辛抱できなかったのであろう」

しっかりと松平定信は見抜いていた。

「よほど執政の地位に未練があるようじゃな。あれほど強く結びついていた主殿頭を、あっさりと切り捨ててまで、老中でいようとしたのだ。わからぬでもないが……」

松平定信があきれはてた口調で続けた。

「主殿頭の引きで老中まで来たのだ。共に辞してこそ盟友。少なくとも迎えた養子を離縁するような不義理をすべきではなかった。いつ裏切るかわからぬような者に、媚《こ》びを売られても、使いようがあるまい。それに気づかぬていどの男が、なにをしでかす」

水野出羽守のことを松平定信は認めてさえいなかった。

「松平周防守さまの家臣どもが、東海道を行ったのは、国元へなにか」

霜月織部が問うた。

「石見浜田へ行ったとしてもおかしくはないが、出羽守と密談した翌日というのが気に入らぬ」

松平定信が険しい顔をした。

「後を追いましょうか」

津川一旗が松平定信の顔色を窺った。

「ふむう……」

松平定信が思案した。

「そうよな。このまま見過ごすのもよくなかろう。かといって二人共に江戸を離れられては、ちと心許ない」

「では、わたくしが」

津川一旗が名乗りをあげた。

「行ってくれるか。すまぬな。目付には、余から話をしておく」

松平定信が述べた。

「いえ。殿の御為であれば身命を賭しても、我ら悔いはございませぬ」

「殿にお仕えすることこそ、我らの望み」

二人が平伏した。

「田安以来の忠誠に、感謝をする」

松平定信が姿勢を正した。

津川一旗と霜月織部は、田安家付の御家人であった。御三卿は独立した大名ではなく、将軍家お身内衆であり、領地も家臣も持たない。正確には、田安家が独自に抱えた家臣もいるがごく少数で、ほとんどは幕府から出向してきた旗本、御家人である。

二人は田安家で賢丸《まさまる》と呼ばれていた松平定信付をしていた。

田安家から松平定信が白河松平へ養子に出たことで、役目を失った二人は小普請組《こぶしんぐみ》になった。田安家のころからよく仕えてくれた津川一旗と霜月織部を忘れられなかった松平定信は、老中になるや二人を小普請組から引きあげ、徒目付へと就けた。

徒目付は目付の下役で、御家人の非違監察を旨とした。その職務の性格上、武芸の嗜《たしな》みが求められた。また、徒目付のうちの数人は、大名や旗本の罪を探索する隠密役も務めた。

「我らにお任せを」

二人が松平定信の前から下がった。

南條弾正大忠の次女温子は、二条家へと居を移した。

「雅楽頭さま、わたくしが相手をするお方は」

女として身を捧げる相手を気にするのは当然であった。

「数日以内に、ここへ来るであろう」

松波雅楽頭が答えた。

「二条さまにお目通りがかなう武家……所司代さま」

温子が目を大きくした。

「父どのより聞いておらぬのか」

「はい。武家に身を預けよとだけ」

確認された温子が述べた。

「弾正大忠どのも、中途半端な。褒美に目がくらんだか」

松波雅楽頭が苦笑した。

「どなたなのでございましょう」

温子が尋ねた。

「禁裏付じゃ。先日禁裏付として赴任してまいった東城典膳正という武家だ」

「……禁裏付でございますか。では、かなりのお歳」

温子が表情を暗くした。

「ではないぞ。見たところ二十歳を過ぎて、数年というところだ」

「それは若い……」

松波雅楽頭の言葉に、温子が驚いた。

「そなたの任にもかかわってくることだが、今回の禁裏付は、幕府が意図して送りこんできたもののようだ」

「禁裏付はもともとそういうものではございませぬの」

温子が訊いた。

「そうなのだがの。それを知っているというのは、頼もしい」

松波雅楽頭が、温子を満足そうな目で見た。

「今上さまが、幕府へご内意を漏らされたのを存じおるか」

「いいえ」

さすがに天皇の内意を下級公家の娘が知っているわけはなかった。

「他言は無用じゃ」

「はい」

「今上さまは、御尊父さまに太上天皇号をお贈りなさりたいとのご希望を、幕府へお伝えなされたのだ」

釘をさされた温子がうなずくのを見てから、松波雅楽頭が告げた。

「わざわざ幕府に言わずとも、今上さまがお心のままになされればよいのではございませぬので」

温子が首をかしげた。

「そうなのだがな、今上さまのお考えを果たすにも、なにかと要りようなのだ」

「……金」

温子が嫌な顔をした。

「そうよ。公家に仇《あだ》なすのは、金よ」

松波雅楽頭も頬をゆがめた。

「幕府にそれを求めなければならぬのが、現実である」

「…………」

黙って温子が目を伏せた。

「まだ我らはいい。今の公家はなにもしておらぬ。田を耕してもおらぬ。なにかを造っているわけでもない。そして本業である政さえしておらぬ。収入が少なくとも文句は言えぬ」

「武家に奪われたからでございましょう」

温子が憤慨した。

「力なき者はそうなる。それが世の理《ことわり》である」

冷静に松波雅楽頭が言った。

「理不尽な……」

温子が嘆息した。

「だが、この無力を今上さまには……」

「はい」

悔しげな松波雅楽頭に、温子が同意した。

「そのために禁裏付を落とせ。禁裏付がなにか失策を起こしてくれれば、それを利用できるからな」

「わかりましてございまする」

温子が首肯した。

禁裏付は朝廷を監察する。その任の関係上、五摂家を始め、高位の公家たちと赴任してすぐに面会を求める。

「お目通りを願いたく」

求めた鷹矢へ五摂家筆頭の近衛家が二日後を指定した。

「新しく禁裏付を命じられました、東城典膳正でございまする」

指定された刻限に御所の北、今出川御門の西にある近衛の屋敷に行った。五摂家筆頭という格式もあり、公家屋敷のなかでも目立った大きさを誇っていた。

「よくぞ、参った」

下座敷で控える鷹矢を、上座敷から近衛右大臣経熙が迎えた。

「若いの」

「畏れ入りまする」

言われて鷹矢は頭を下げるしかなかった。

「越中どのは息災かの」

「おかげさまをもちまして、つつがなくいたしております る」

鷹矢は応じた。

近衛経熙の養女が十一代将軍家斉の正室になっている。六代将軍家宣《いえのぶ》の御台所天英《てんえい》院《いん》も近衛家の出である。近衛家は五摂家のなかでもっとも幕府に近かった。

「典膳正、そなた越中の意図を受けておろう」

「…………」

返答ができる内容ではない。鷹矢は沈黙した。

「やはりの。沈黙は肯定だでな」

近衛経熙が納得した。

「今上さまのご内意についてじゃが、なかなかに難しいと麿は考えておる」

「それは……」

公家の代表ともいうべき近衛の当主の発言に、鷹矢は驚いた。

「だがの、これは幕府からなんの求めもないときの話」

「大御所号のことでございましょうか」

黙っている意味はないと鷹矢は答えた。

「そうじゃ。太上天皇と大御所では格が違う。太上天皇号に比して、大御所号は軽い。大御所だというだけでは、昇殿もできぬ」

近衛経熙が告げた。

昇殿とは禁裏の殿上の間へ足を踏み入れられる資格のことをいう。天皇の宣旨をもって認められ、五位以上との証でもあり、大御所というだけでは許されなかった。

「太上天皇号の代償として大御所号では不足だと、越中ならば考えよう」

「………」

鷹矢には理解できない内容であった。

「わからぬか。無理はない」

近衛経熙が、鷹矢の様子に気づいた。

「さて、あまり長く話をしていては、なにかと疑う者もでてくるでの。今日はここまでにいたすが……」

一度、近衛経熙が言葉をきって、鷹矢を見た。

「越中の命を果たすのが、典膳正、そなたの役目であろうがの。熱心にはするな」

「畏れながら、どういうことでございましょう」

鷹矢は問うた。

「公家は密接な血のつながりを持っておる。味方と信じていた者が、敵になることも多い。禁裏付の権、うかつに振り回せば、そなたが滅ぶことになる」

「わたくしめが滅ぶ……」

さらなる説明を求めようと、鷹矢が顔をあげた。

「ご苦労であった。帰れ」

それ以上、鷹矢に言わせず、近衛経熙が手を振った。

「……本日はかたじけのうございました」

相手は右大臣であり、義理とはいえ将軍の舅《しゅうと》である。鷹矢は、辞去するしかなかった。

「味方が敵になる……」

近衛邸を出た鷹矢が、近衛経熙の忠告に苦吟した。

四

翌日、鷹矢は近衛家に続いて二条家を訪れていた。

「東城典膳正と申しまする。このたび禁裏付を仰せつけられましてございまする。大納言さまには、よろしくお引き回しのほどをお願いいたしまする」

同じ挨拶を鷹矢は繰り返した。

「うむ。二条大納言である」

まだ若い二条治孝が応じた。

「これは家司の松波雅楽頭である。幕府との応接は、すべて任せておる。あとのことは雅楽頭といたせ」

二条治孝が、上座敷の敷居際に控える松波雅楽頭を紹介し、奥へと引っこんでいった。

「松波雅楽頭でござる」

「よしなにお願いをいたしまする」

平伏して二条治孝を見送った二人が、顔をあげて一礼した。

「典膳正どの、お若いのに禁裏付とは、ご出世でござるな。前は何役をなされておられた」

松波雅楽頭が問うた。

「公儀御領巡検使をいたしておりました」

「……公儀御領巡検使、では、山城で不埒者《ふらちもの》を退治した」

松波雅楽頭は山城での出来事を知っていた。

「よくご存じでございまするな」

「山城は、我らの領地があるところでござる。領地の百姓どもが、穫れた菜などを届けてくれるのでな。そのときに話をな」

松波雅楽頭が説明した。

「なるほど」

鷹矢は納得した。

東城家も甲州に知行所を与えられている。年貢だけでなく、村の特産品や、年末など味噌や根深の漬けものなどを持って来てくれる。領地の民と領主の仲は、格別なものがあった。

「巡検使から禁裏付は立身じゃな」

「力不足を危惧しております る」

鷹矢が謙遜した。

「さて……」

松波雅楽頭が、雰囲気を変えた。

「典膳正どの。我が主に代わって問わせていただく」

「なんなりと」

五摂家の当主代理としての質問となれば、おろそかにはできなかった。鷹矢は緊張した。

「任期途中の大炊介を江戸へ下らせてもの赴任じゃ。なんぞ目的があるのだろう」

「そのようなことはございませぬ」

間を置かず、鷹矢は否定した。

「わたくしが任じられましたとき、上様よりしっかりと役目をはたせとのお言葉をいただきましてございまする」

　これは真実であった。将軍が任命する諸大夫以上の役目は、かならずそう言われる慣例であった。

「ごまかすな。そなたは越中守どのの密意を受けておろう」

　松波雅楽頭が厳しい声で詰問した。

「密意などとんでもないこと。老中首座さまも、任に全力を尽くせとだけ言われました」

　鷹矢はふたたび否定した。

「理が合わぬ。禁裏付は五年ごとの交代が慣例であったはずじゃ。それが三年半で代わるなど、初めてではないか」

　さらに松波雅楽頭が問い詰めてきた。

「そのあたりは、わたくしの知るところではございませぬ」

　前任者のつごうなど知ったことではないと、鷹矢は言い返した。

「さようか」

　不意に松波雅楽頭の表情がやわらいだ。

「すまなかったの。朝廷を支える二条家を預かる者として、江戸から来た者のことは知っておかねばならぬ。無礼を口にした」

あっさりと松波雅楽頭が尋問を止め、頭を下げた。

「いえいえ。当然のことでございまする。お気になさらず」

松波雅楽頭に詫びられたことに、鷹矢は慌てた。

幕府で雅楽頭といえば、大老を輩出する譜代の名門酒井家の当主が代々受け継いでいる官名である。鷹矢からしてみれば、雅楽頭は雲の上の人であった。

「いや、口先だけの謝罪で納得など、麿が受け入れられぬ」

「…………」

話がずれて来ていることに、鷹矢は警戒した。

「典膳正どの、京《みやこ》には慣れられたかの」

「……まだまだでございまする」

不意に変わった質問に鷹矢は一瞬考えて答えた。うなずくには、あまりに日にちが経ってなさすぎた。

「困っていることはないか」

「ないとは申せませぬ。買いもの一つについても、江戸と違いすぎまする」

いまだに鷹矢とその家臣たちは、二条の旅籠《はたご》から買い付けた食事で過ごしていた。

さすがに米くらいは炊いているが、菜までは手が回らなかった。

「たしかにの。京はなかなか他国者を受け入れぬ。どこも現金でなければ、売ってくれぬであろう」

「のようでございまする」

もう鷹矢は買いものなどの雑用にはかかわっていない。が、毎日用人の三内から、いくら金を遣ったかの報告を受けている。

「江戸では、掛け売りが当たり前でございましたので、いささかとまどっておりまする」

報告を聞くだけでかなりの面倒であった。

江戸は、人が集まるところでありながら、人別がしっかりしていた。身許引受人がなければ、長屋さえ借りられない。代わりに、身元引受人があれば、かなりの融通がきいた。

買いものも天秤棒《てんびんぼう》を担いだ行商人は別にして、店をかまえる商人からの購入は、節季払いの付けであった。このおかげで、小銭を大量に持ち歩かずともすみ、店も釣り銭の用意をしなくてもよくなった。

「掛け売りは、こちらが本場なのだがな」

松波雅楽頭が苦笑した。

「もっとも、京で信用を得るには、三代かかる」

「三代でございまするか。では、わたくしでは無理でございますな」

気の長い話に、鷹矢は嘆息した。

「そこでじゃ。さきほどの無礼の詫びとして、その不便を補わせていただこう」

「えっ」

思ってもみなかった申し出に、鷹矢は驚いた。

「商人に口利きをしてくださいまするのか」

「いいや。さすがにすべての商人に口利きはできぬ」

問うた鷹矢に、松波雅楽頭が首を左右に振った。

「では、なにをお助けくださると」

鷹矢が首をかしげた。

「こちらへ、参れ」

松波雅楽頭が手を叩いた。

「ただいま、そちらへ」

鈴を転がしたような声がして、下座敷隅の襖が開いた。

「………」

妙齢の女の登場に鷹矢は啞然とした。

「これは麿の養女での。温子という」

「松波温子でございまする」

紹介された温子が、きれいな姿勢で名乗った。

「東城典膳正でござる」

礼儀として鷹矢は応じた。

「雅楽頭どの」

娘を出してきた意図を鷹矢は問うた。

「手助けと申したであろう」

感情のない声で、松波雅楽頭が応じた。

「ですから、どうやって手伝うと」

もう一度鷹矢が尋ねた。

「わからぬか。女を預けると言っておるのだ。その意味くらいわかるだろう」

松波雅楽頭があきれた。

「……………」

さすがにそこまで言われて気づかないほど世間知らずではない。鷹矢は黙った。

「養女とはいえ、なかなかの美形だと思うぞ」

松波雅楽頭が温子の顎に手をかけた。

「それは認めますが……」

たしかに温子は鷹矢が見たこともないほどの美貌であった。

「ならばよいであろう。美しい女は、側に置いているだけで気がやすらぐ。禁裏付という難役を続けるには、癒しがなければ辛《つら》かろう」

大きく松波雅楽頭がうなずいた。

「そういえば、聞き忘れていたが……」

松波雅楽頭が、鷹矢に目を向けた。

「典膳正どのは、独り身でござったかの」

「はい。未だ良縁に恵まれませず」

訊かれて鷹矢は答えた。

「それならば、よろしいではござらぬか。どうせ、捨て姫をお拾いになるのでござろう」

「捨て姫を知っておりますが、拾うというのは……」

鷹矢は首をかしげた。

「捨てたものは拾うしか手にする方法はない」

「買うと聞いたような」

「そう表現されては、困るのだ。捨てるからこそ、縁が切れる。金で売れば、商いと同じで、後々も責任がでよう。返すから金を戻せなどと言われては意味がなかろう」

松波雅楽頭が説明した。

「………」

隣で聞いていた温子が、頬をゆがめた。

「それで拾うと」

なんとも面倒なと鷹矢は嘆息した。

「しかし、捨てた姫ではなく、雅楽頭どののご養女でござろう」

捨て姫ではないだろうと鷹矢は言い返した。

「もちろんでござる。温子は吾が娘。捨てるなどいたしはせぬ」

松波雅楽頭が首を左右に振った。

「では、わたくしのもとにお預けくださるなど」

「お手伝いでござる。都になれておられぬご貴殿への助力でござる」

最初からの話を松波雅楽頭が繰り返した。

「お気遣いいただかずとも、なんとかやっておりますれば」

未だまともに買いものもできてはいなかったが、初日に知り合った旅籠から仕出しを受けることで、生活はできていた。

「公家とのつきあいもできておられるかの」

「それは……」

鷹矢は口ごもった。

「二条家の家臣とはいえ、松波の名前は都でもとおっておる」

五摂家の家司の力は大きい。幕府でいえば、老中の用人にひとしい。老中になにかを願うとしても、まず用人へ接触して、根回しをしなければならなかった。

それは朝廷も同じであった。

朝議や昇爵の会議で出世を願う公家にとって、五摂家の後押し、協力は必須であった。かといって、身分格式にうるさい公家たちである。五摂家の当主にそうそう会えるわけではない。そんなときに役立つのが家司であった。

家司は、五摂家の留守居役でもある。他の公家衆とのやりとりも、家司をつうじてが多い。とくに下位の公家にとって、家司とのつきあいこそ命綱であった。五位ていどであれば、当主ではなく家司にしか会えないのだ。

松波雅楽頭のほうが、二条治孝よりも顔が広かった。

「挨拶回りはまだまだ続くであろう」

「それはまだ」

話を変えた松波雅楽頭に、鷹矢はうなずいた。

「であれば、いずれどこかで同じ話が出る。いや、もっと質《たち》の悪い話がの。それこそ金で娘を買えという家が出てくる。事実、貴殿の前任大炊介は、挨拶回りに出向いた公家から、分家の娘を押しつけられたのだ」

「………」

その娘を押しつけられそうになった鷹矢は沈黙した。

「二条家との伝手を切るか」

松波雅楽頭がふたたび声を固くした。

「それは……」

五摂家との関係を良好に保つほうが、禁裏付の職にも役立つ。鷹矢は詰まった。

「そうだの。いきなりは難しいの」

「さようでござる」

差し出された救いの手に、鷹矢は縋《すが》った。

「ずっと預かれとは言うまい。とりあえず、連れて帰って、遣ってみてくれればいい。それで役に立たないと思ったならば、いつでも引き取ろう。そのときは、一切の苦情を言わぬと誓う」

「ですが、まだうら若い姫を男のもとへ預けるなど」

「安心いたせ。先ほども申したように、返されたとしても一切苦情は言わぬとな」

松波雅楽頭が強く言った。

「よいな、温子」

「はい。承知致しておりまする」

淡々と温子が同意した。

「では、頼んだぞ」

言い終わるなり、松波雅楽頭が部屋を出ていった。

「あ、お待ちを」

鷹矢の制止も無視して、松波雅楽頭は振り向きもしなかった。

「困ったの」

松波雅楽頭を追って、勝手に他家のなかを動き回るわけにはいかなかった。まして、ここは二条家である。鷹矢は呆然とした。

「よしなにお願いをいたしまする」

そんな鷹矢に向かって、温子が手を突いた。

# 第四章　京洛鳴動

## 一

江戸と京は十日ほどというが、旅慣れた武家ならば、さらに短くなる。大津の宿場を七日目の朝に出た津川一旗は、前を行く侍から目を離さなかった。

「疲れも見せぬ。かなりの修練だな」

浜田藩松平周防守の家臣七人の後を付けている徒目付津川一旗が、独りごちた。

武芸をあるていど修行した者は、腰の据わりが違う。津川一旗の目は、松平周防守の家臣たちが、相応に遣えると見抜いた。

「七人が、七人とも武芸の心得を持つ。今どき考えられぬな」

津川一旗は驚いていた。

関ヶ原から二百年近くになる。天下から戦はなくなり、武家は無用の長物になりはてた。剣術よりも算術が求められる時代である。剣術をまともに修行しているような侍は、十人に一人もいない。そんななか、七人全部遣い手となれば、その狙いも見える。

「…………」

津川一旗は無言で、七人を追いかけた。

大津から京は近い。

朝早く出れば、昼前に京へ入ることができる。

「国元へ向かうならば、洛中へ入らず、右へ曲がるはず……」

京から浜田へと向かうならば、洛中を経由せず、丹波へ抜けるほうが早い。

「……やはり」

津川一旗の目つきが厳しくなった。逢坂《おうさか》の関をこえた一行は、まっすぐに東海道を進んで洛中へと入った。

「京都所司代、戸田因幡守のもと……」

鴨川をこえた一行は二条城近くの所司代役屋敷へと入っていった。

「いけるか」

あたりを見回した津川一旗は、所司代役屋敷の塀を乗りこえ、敷地のなかへ入りこむと隙を見て床下へと忍びこんだ。

「戸田因幡守さまにお目通りを。拙者松平周防守が家中のものでござる」

一行を代表する壮年の藩士が、門番に求めた。

「松平周防守さまの……お待ちあれ」

玄関番は所司代配下の同心である。同心の身分では、面会の可否を判断できない。同心は、戸田因幡守の用人へ取り次いだ。

「……松平周防守さま、前のご老中の家中と申すか」

「そのように言われておりまする。身形《みなり》は旅でいささか汚れてはおりますが、見苦しくはなく、人品骨柄も卑しくは見えませぬ」

同心が様子を伝えた。

「わかった。儂が出よう。ご苦労であった」

佐々木が立ちあがった。

「用人の佐々木でござる」

「松平周防守家来の小田五郎兵衛《おだごろうべえ》と申しまする。主から、戸田因幡守さまへの伝言を持って参りましてございまする」

壮年の藩士が用件を述べた。

「周防守さまの。とあれば、門前とは参りませぬ。主にお会いいただくかどうかは別にして、どうぞ、なかへ」

佐々木が七人を招いた。

「さて、お話をお伺いしよう」

「因幡守さまに直接とは参りませぬか」

小田が佐々木に訊いた。

「無理でございまする。主は多忙、なによりも御貴殿たちが、まこと周防守さまのご家中という保証はございませぬ」

佐々木が当然の応えを返した。

「なにをっ。我らがどれだけの苦労をしてここまで来たと……」

若い藩士が激した。

「よせ。佐々木どのの対応は、褒められはすれ、文句を言われるものではない」

小田が若い藩士を抑えた。

「……はい」

よほど小田は格が高いのか、若い藩士が引いた。

「ご無礼をお許しいただきたく」

「いや」

小田の詫《わ》びを佐々木が受け入れた。

「では、ご用件を」

もう一度佐々木がうながした。

「笹山」

「はっ」

小田に声を掛けられた中年の藩士が、羽織を脱ぎ、胴巻きを外した。

「……これを」

胴巻きのなかから小田が金包みを取り出した。

「二百五十両ござる」

「……どういう意味でございまするかの。主因幡守には、周防守さまから、金子をいただく理由はございませぬが」

佐々木が怪訝《けげん》な顔をした。

「これは主周防守の金ではございませぬ。この金は、水野出羽守さまから、戸田因幡守さまへのもの。わたくしどもは運んで参っただけでござる」

「………」

言った小田に、佐々木が黙った。

「この金を遣って、白河の流れを堰《せ》き止めていただきたいとのこと」

「白河……」

小田の言葉に佐々木が表情を変えた。

白河が誰を指すかをわからないようでは、京都所司代の用人など務まらない。佐々木の雰囲気が変わった。

「金のことは措いて、ご貴殿たちは」

佐々木が問うた。

「我らは金と同じでござる」

小田が答えた。

「なるほど……」

佐々木が目を閉じた。

「……しばし、お待ちを」

煙草を一服吸うくらいの間瞑目《めいもく》していた佐々木が、立ちあがった。

「因幡守さまへご報告なさるならば、これを」

懐から小田が書状を出した。

「お預かりいたす。誰か、お客人に茶を」

接待を命じて佐々木は、戸田因幡守の居室へと向かった。

佐々木の説明を受けた戸田因幡守がうなった。

「越中守の足を引っ張れか」

「のようでございまする」

「越中守の策ということはないか」

政敵の失墜を狙うとなれば、どのようなことでもする。そうでなければ、老中、ましてやその筆頭になどなれるはずはなかった。

「これを預かっておりまする」

佐々木が書状を主に渡した。

「周防守どのの書状か……」

封を解いて戸田因幡守がなかを読んだ。

「……なるほどな。出羽守どのらしい」

書状をたたみながら、戸田因幡守が納得した。

「殿、お聞かせいただいても」

内容を佐々木が問うた。

「出羽守どのの望みだそうだ。これは」

戸田因幡守が苦笑しながら、書かれていたことを話した。

「なんと周防守さまをはめてまで、出羽守さまは、返り咲きを」

聞いた佐々木が息を呑《の》んだ。

「それほど執政の地位はよいものなのだろうよ」

戸田因幡守が述べた。

「いかが取り計らいましょう」

佐々木が尋ねた。

「…………」

一拍の沈黙を戸田因幡守が持った。

「……余もあきらめきれぬ」

絞り出すように戸田因幡守が言った。

「家督を継いでから、奏者番、寺社奉行、大坂城代、京都所司代と歴任してきた」

戸田因幡守は、譜代大名の出世道をまっすぐに来ていた。

「奏者番は、将軍の前で目通りをする者たちを紹介する役目。詰まったり、まちがったりすれば謹みをしなければならぬ。寺社奉行は、あの面倒な坊主どもの相手をせねばならぬ。大坂城代は、金でなんでもできると思いあがっている商人どもとつきあいながらも、取りこまれぬようにせねばならぬ。そしてようやく、執政の一歩手前まで来た。ここまで来るための苦労はどれほどであったか」

「存じあげておりまする」

佐々木が頭を垂れた。

「公家という狢《むじな》をあしらって、数年我慢をすれば、老中になれる。そう思えばこそ、京という闇に耐えてきた。それが主殿頭の失脚、越中守の台頭で、無に帰した」

無念そうに表情をゆがめながら、戸田因幡守が続けた。

「余の苦労はまだよい。天運がなかったと納得もしよう」

言いながらも戸田因幡守の声は震えていた。

「だが、皆にかけた苦労が情けない。金を主殿頭に贈るため藩庫に負担をかけた。人減らしで、浪人させた者もいる。皆の知行を借り上げもした。無理をさせ、食うや食わずの状況になった者もおろう。それを思うと、余は無念である」

「ありがたきお言葉」

戸田因幡守の話に、佐々木が感激した。

「わかりましてございまする。すべてはわたくしにお預けをいただきたく」

佐々木が両手を突いた。

「……任せる」

興奮を抑えこんで、戸田因幡守が告げた。

「足軽目付もそなたに預ける。好きに遣え」

戸田因幡守が付け加えた。

足軽目付は、身分低い者を監察する役目である。横目付、下目付の配下として、藩士の非違を暴き、捕り方として働く。武芸達者なだけではなく、ときには疑惑のある藩士の屋敷に忍びこんで探索することもあり、隠密としての役割も果たした。

己の失策を探りに来たと勘違いした戸田因幡守は、足軽目付を遣って、公儀御領巡検使だった鷹矢を山城で襲わせていた。

「かたじけのうございまする」

配下の増員を佐々木が感謝した。

「金も随意にいたせ。ただし、失敗はするな」

「はっ」

金と人、この二つを与えられた佐々木が、緊張した。

「…………」

床下で、津川一旗が戸田因幡守と佐々木のやりとりを聞いていた。

「白河とは、越中守さまのことよな」

津川一旗が険しい顔をした。

「田沼ごときに尾を振った分際で、越中守さまに逆らおうというか」

口のなかで、津川一旗が戸田因幡守を罵った。

「京で越中守さまのお邪魔をするとなれば、大御所称号のことしかあるまい」

津川一旗が予測した。

「そのようなまね、させてたまるか」

津川一旗は、戸田因幡守のもとから離れていく佐々木の足音を追った。

「お待たせいたした」

七人の待つ部屋へ、佐々木が戻ってきた。

「いかがでござる」

小田が尋ねた。

「殿が承諾いたしましてござる」

「それは重畳」

佐々木の返答に、小田を始めとする松平周防守の家臣たちがほっとした。

「いきなりなにかを命じるというわけにもいきませぬ。ご一同、長旅でお疲れでもございましょう」

「お気遣いありがたし。いささかくたびれておりまする」

小田が佐々木の言葉を認めた。

「数日、お身体をお休めいただきましょう。役屋敷の長屋を二つ空けさせておりまする」

　地方へ赴任する途中、京へ立ち寄って数日の見物を楽しむものもいる。京都所司代役屋敷には、そういった連中のために、いくつか長屋を用意していた。

「夜具などは、長屋に備え付けてござる。食事は、こちらで用意したものを、お運びいたしまする」

「かたじけない」

　佐々木の気遣いに、小田が感謝した。

「ただし、節度はお守り願いたい。遊び女を長屋に引き入れるなどなさいませぬよう」

「承知しておる」

　小田が首肯した。

「では、御用あれば、こちらから出向きまする。それまでゆっくりとお休みなされ」

　解散だと佐々木が告げた。

　床下から一部始終を聞いていた津川一旗は、そのまま夜になるまで潜んでいた。

「見つかるわけにはいかぬ」

松平定信の失脚を遠く離れた京から狙っている。どれほど優秀であろうとも、目の届かないところでの策謀までは防げない。津川一旗はなんとしてでも無事に江戸へと戻らなければならなくなった。

津川一旗は逃げ出す機を慎重に見計らっていた。

京都所司代は、西国大名たちの目付役でもある。と同時に、朝廷を吾がものにしようと進軍してくる軍勢を迎え撃つ役目も持っている。また、公家という一筋縄ではいかない連中の相手もしなければならない。まさに、経験も深く頭の切れる大名でなければ務まらなかった。

主人が切れ者ならば、配下も優秀なはずである。

津川一旗は緊張を続けながら、所司代役屋敷が鎮まるのを待っていた。

「お供を整えよ」

日が暮れた後、所司代役屋敷が騒がしくなった。

「…………」

ざわつけば、忍んでいる者の気配がわかりにくくなる。津川一旗はいつでも動けるようにしながら、耳をすませた。

「殿が下屋敷へお行きになる。前触れも忘れるな。お方さまにお報せを」

佐々木の声が聞こえた。

「下屋敷といえば、この西隣ではないか」

探索方を兼任している徒目付である。赴任地の下調べは十分していた。

所司代には、屋敷が二つ与えられた。江戸でいう上屋敷にあたる所司代役屋敷、下屋敷にあたる所司代下屋敷である。

この二つは二条城の北で境を接していた。

所司代役屋敷で政務を執り、下屋敷で休む。もちろん、上屋敷でも寝泊まりはできるが、さすがに女を連れこむわけにはいかなかった。

「隣まで、わざわざ女を抱きにいくか。戸田因幡守は思ったほどの相手ではなかったようだな」

「おかげで……」

津川一旗があきれた。

所司代屋敷の騒ぎを利用して、津川一旗は塀をこえた。

歩くというほどでもない距離のために駕籠《かご》を出させる。大名ならではの無駄が、津川一旗の脱出を助けた。

「睦言《むつごと》でなにを言うか、聞いてみるのも一興だが、それよりも越中守さまへお報せせねば」

津川一旗が暗闇の京から、駆けだした。

二

松波雅楽頭からというより、二条家から押しつけられた温子は、公家の娘とはいえ、よく働いた。

「菜は大原の農家の作物を扱っている檜屋《ひのきや》が、酒は少し遠くはございますが、伏見まで直接買い付けに参るのがよろしいかと。魚は若狭からくる塩干物か、鯉《こい》、鮒《ふな》などの川魚しか手に入りませぬ。塩干物は、三条北の越前屋《えちぜんや》にお命じなされませ」

温子は早速東城家の台所事情を改善した。

「よろしゅうございました」

用人の三内が、うれしそうに報告した。

「京の商人どもは、江戸者を下に見て、商売でも足下を見て参りまする。しかし、それがわかっていても、買わないというわけにはいかず、悪い品物を高い値段で購入いたしておりましたのですが、それを松波さまは……」

松波雅楽頭の養女として、禁裏付屋敷に来た温子を、三内たちはさまづけで呼んでいた。

「厳しく商人どもを叱りつけ、まともな取引へと持ちこんでくださいました」

東城家の内証を預かる三内は感謝していた。

禁裏付には、一千五百俵が役料として支給された。一千五百俵は石高にして一千五百石と同量であった。五公五民、一石一両で換算して、七百五十両近い金額が、禁裏付には支払われた。これは京での生活費としての支弁と同時に、公家たちとのつきあいの金であった。それだけに、無駄遣いはいっさいできない。公家は武家にたかるのが当然だと考えている。

訪問するには土産がいる。それも物品だけではなく、金を持っていかなければならないのだ。他に、ものごとを訊くにも礼がいる。なにかを教えてもらうにも金が要る。それも茶店の女中に心付けを渡すというような百文やそこらではすまない。どれほど少なくとも小判を出さなければならないのだ。

七百五十両は、役目だけで霧散する。どころか、足りない。

さらに公家だけではなかった。禁裏付の与力、同心にも気配りをしなければならなかった。吝《しわ》い上司だと、与力、同心が動きたがらない。ものごとを命じたところで、最低の分しかしないのだ。こちらも任に差し障るだけに、足りない分は本禄を割いて遣うことになる。

もちろん、西旗大炊介のように役目を余得と考えている輩ならば、公家と距離をおき、役料を残すこともできる。

「なにも問題はございませぬ」

五年に一度江戸へ戻り、老中へそう報告するだけで禁裏付の役目は終わる。一応、京都所司代の管轄を受けるとはいえ、よほどのことでもないかぎり咎《とが》めを受けることはない。なにもしなくても成り立つのが禁裏付であった。

もっとも、働いていないことなど、老中には丸わかりである。そのあとの出世はまずなくなった。

だが、鷹矢の場合は、未来をあきらめての怠惰が許されない。松平定信の指示が鷹矢を縛っている。もし、任を果たせなかったら、家としての未来ごと消し去られかねないのだ。それだけの権を松平定信は有していた。

「商人どもとのかかわりはできたか」

「いえ。あいかわらず、商人どもは、わたくしを無視して、松波さまとだけ交渉をいたしまする」

「そうか。ならばいたしかたないの」

鷹矢は温子を認めざるを得なかった。

「お帰りでございましたか」

そこへ温子が顔を出した。

「さきほど戻りましてござる」

鷹矢が応じた。

「東城さま、お言葉遣いをあらためていただきますようお願いいたしておりましたが……」

温子がじっと鷹矢の顔を見た。

「しかし、雅楽頭どののお娘御とあれば……」

「それがいけませぬ。わたくしは、東城さまにお仕えすべく、父より命じられておりまする。いわば、女中の類《たぐい》。女中に対し、ご当主さまがていねいな応対をなさっていては、秩序がたもてませぬ」

厳しく温子が鷹矢を注意した。

「……………」

「東城さま」

黙った鷹矢を温子が見つめた。

「気を付ける」

鷹矢は折れた。

「では、お茶を」

温子がすっと部屋の片隅に切られている炉へと近づいた。

禁裏付は、武士のなかにあって雅を求められる。詩歌や茶、香道など公家と話ができるよう、役屋敷にはそれぞれの用意が備えられていた。

「……どうぞ」

温子が抹茶を点《た》てた。

「いただこう」

鷹矢は姿勢を正した。

すでに三内は、部屋から去っていた。十畳の書院に、若く美しい女と二人という状況が、鷹矢を落ち着かせなかった。

「茶碗の縁に指をかけてはなりませぬ」

温子が指摘した。

「すまぬ」

鷹矢は慌てた。

「落ち着いてくださいませ。茶の湯は、心の安寧を求めるもの。慌てず、騒がず、ゆったりとした所作をこころがけてくださいますよう」

「心の安寧か。そういうが、上位の方々と狭い茶室で応対するのだ。緊張せぬわけには参らぬ」

指導した温子に、鷹矢が不満を口にした。

「茶室は身分の上下がないところ。お相手が関白さまであっても、同格。これが茶道の決まりでございまする」

温子が気にしないようにと助言した。

「それをしていいと、本気でお考えか」

「…………」

切り返されて温子が黙った。

茶道の心得は一期一会、そのときそのときを二度と来ないただ一度のときと考えて、大事にしようというものである。茶会を開いた亭主は、客をどれだけ楽しませるかに心を砕き、客は亭主のもてなしを心の底から楽しむ。亭主と客は、世俗の身分を切り離し、ただそこに集まった者同士として過ごす。

戦国時代に成り立ち、千利休《せんのりきゅう》という一代の天才が大成させた茶道は、織田信長、豊臣秀吉という天下人の庇護《ひご》を受け、天下に広まった。

大名、商人が身分にかかわりなく同席できるという茶道は、鉄炮《てっぽう》や玉薬《たまぐすり》など南蛮の新文明を手に入れる交渉を隠すのに最適であった。

四人も入れば一杯の狭い茶室で、身分なく集まり、他人の目なしに話ができる。密談にこれほど最適な状況はない。

それが茶道の初期を支えた。

やがて徳川家康のもと天下が統一され、茶道の価値も変化した。密談の場から、格式や伝統の場となった茶道は、いつのまにか一期一会の思いから、作法重視へと変わっていた。

「茶室に、身分は入りますぞ」

「…………」

もう一度言った鷹矢に、温子は沈黙を続けた。

「わかりましてございまする。今しばらく、お慣れになられるまで茶会はお断りいたしましょう」

温子が引いた。

公家は公家とつきあいたがる。禁裏付と交渉するにも、直接ではなく、武家伝奏などを通じて連絡をしてくる。もっともこれは表の話であり、私的な問題を頼むときは、つきあいのある商人などを間に挟んだ。

それが東城では違った。公式でない用は、そのほとんどが温子あてへと持ちこまれるようになった。

「なになに少納言さまより、歌会のお誘いが」

「某参議さまより、茶会をと」

新しい禁裏付との接触を求める公家たちの用件を温子が伝える形になりつつあった。

「そうしてくれると助かる」

鷹矢はほっと息を吐《つ》いた。

茶道の心得はある。もともと鷹矢は使番《つかいばん》をやっていた。使番は将軍の命を受けて、大名家や寺社などへ出向くのが任である。罰を言い渡すときもあれば、加増や褒美を伝えるときもある。さすがに罰せられた家からなにかということはないが、加増など良いことがあった家からは使番にも礼があった。

屋敷に礼の品を届けに来るのがほとんどであったが、よほどの慶事のおりなどは、屋敷に招かれて饗応《きょうおう》されるときもあった。

そのとき、かならずといっていいほど茶会があった。宴席までの間や、宴席後の酔い覚ましなどのために茶会がおこなわれた。それに使番は招かれる。当然、一定の作法は修めていなければならなかった。

「一応の形はできておりますので、あとは肚《はら》だけ」

温子の口から、女らしくない言葉が出た。

「……気にしておこう」

武士が公家の女に肚なしと言われたに等しい。鷹矢は憮然《ぶぜん》とした。

禁裏付の仕事に、朝廷の金の出入りを見張るというのがあった。

幕府が朝廷の勘定を見張る。この根拠は禁中 並公家諸法度《きんちゅうならびにくげしょはっと》にあった。

「天子諸藝能之事、第一御學問也……」

禁中並公家諸法度の第一条に記されたこれは、天皇は諸芸、とくに学問だけをしていればいいというものである。

「無礼な」

「思いあがるにもほどがある」

天皇の動きに掣肘《せいちゅう》をかけた一文は、激しい公家たちの反発を招いたが、二カ月前、大坂の豊臣家を滅ぼして天下を吾がものにした徳川家康の武力に抗することはできない。徳川家に懐柔された前関白二条昭実《あきざね》が、花押《かおう》を入れてしまったこともあり、十七条からなる禁中並公家諸法度は、慶長《けいちょう》二十年（一六一五）七月十七日に成立した。

これが幕府による朝廷支配の根拠となった。

「天皇家が、学問以外に手出しをなされていないかどうかを確認する」

倒幕を謀《はか》るには、金が要る。いかに朝廷は武力を持たないので、外様大名の奮起に期待するとはいえ、そのための連絡や、密事には費用が嵩《かさ》んだ。金の出入りを見張っていれば、異変はすぐにわかる。

「主上のお買いものまで、幕府に開示せねばならぬのはいかがなものか」

朝廷からはときどき、天皇の私事にかかわる出費だけでもどうにかしてくれないかとの要望が出されるが、幕府は一切取り合わなかった。

「典膳正どの、こちらへ」

いつものように日記部屋に詰めていた鷹矢を、同役黒田伊勢守が呼んだ。

「なんでございましょう」

「そろそろ月番の交代でござる」

「そういえば、本日は晦日《みそか》でございました」

晦日とは月末の日をいう。鷹矢は納得した。

「ご貴殿は初めての上乃組支配でござろう」

「はい」

「上乃組支配のすることをお教えいたそうかと思う」

「かたじけのうございまする」

黒田伊勢守の厚意に鷹矢は礼を述べた。

「まずは、上乃組支配のおりの詰め所へとご案内いたす」

先に立って黒田伊勢守が進んだ。

日記部屋からまっすぐ廊下を進み、大廊下を通過、膳所に突き当たったところで、左に曲がった。

「ここが上乃組支配の間、禁裏付が詰める武家伺候の間、溜まりの間でござる」

襖を開けて、黒田伊勢守が鷹矢を招いた。

「意外と狭いでござろう」

黒田伊勢守が笑った。

「日記部屋に比べれば、半分ほどでございましょうが……」

それほど狭くもないと鷹矢は応じた。

「でもござらぬぞ。ここに与力や同心が詰めるときもござる。さすがに全員は参りませぬが、それでも十人ほど入れば、なかなかに息苦しくなり申す」

黒田伊勢守が眉をひそめた。

「それは……」

当初、入り浸っていた武者部屋を鷹矢は思い出した。

「上乃組は御所三門の内二つを担当するゆえ、交代の報告のときくらいしか与力どもは参りませぬので、そうそう狭くはなりませぬがな」

黒田伊勢守が鷹矢に告げた。

「その代わり、公家衆の出入りは日記部屋の比ではございませぬ」

「……それほどでございまするか」

鷹矢は驚いた。日記部屋に公家はまず入って来ない。たまに武家伝奏の広橋中納言が、面倒くさそうな顔を隠しもせず、幕府からの言伝のあるなしを問いに来るていどであり、ほとんど一日、鷹矢は誰とも話をしない。

「上乃組支配は、朝廷の勘定を預かるからの」

「勘定を預かる……それは」

鷹矢は首をかしげ、続けて頰をゆがめた。

「ああ、実際に朝廷の金を差配するわけではないので安心召されよ」

表情を曇らせた鷹矢に、黒田伊勢守が首を左右に振った。

「ご貴殿も算盤は苦手か」

「触ったこともございませぬ」

問われて鷹矢は否定した。

「拙者も苦手でござるわ」

黒田伊勢守が同意した。

「算勘の術はいかがかの」

「足し引きくらいはできまする」

さらなる質問に、鷹矢は告げた。

「結構でござる。足し算と引き算ができれば、務まり申す」

黒田伊勢守が安堵《あんど》した。

「勘定を預かるというのは、朝廷の支払いが問題ないか、おかしなところはないかを見張るのでござる」

「支払いの問題でございますか。それはどのような」

鷹矢は訊いた。

「もし、朝廷が幕府を倒したいと考えたならば、どういたしまする」

「島津や前田、毛利などの西国諸藩に兵を出せと命じましょう」

鷹矢が答えた。

江戸よりも遠方の伊達や南部、上杉などは、京まで兵を出すことはできない。間に江戸があるため、そこで兵を止められるからである。大回りして日本海側を進めば、京までいけないわけではないが、間の要地には徳川の譜代大名が配されていることもあり、相当な手間がかかる。とても禁裏守護としての役目は果たせない。対して西国はもともと外様大名が多く、譜代大名が少ないということもあり、兵の移動がしやすい。

「さよう。しかしながら、堂々と西国に挙兵を命じては、すぐに幕府に知れまする」

「……………」

無言で鷹矢は黒田伊勢守の意見にうなずいた。

「となれば、密かに人を使わすなり、手紙を出すなりすることになりましょう。人にしても手紙にしても、遠方へ向かわせるには金がかかりまする」

「なるほど。それを禁裏付は見張ると」

鷹矢がうなずいた。

「というのは表向きでござる」

「えっ」

長々とした説明を真剣に聞いていた鷹矢は唖然《あぜん》とした。

「今時、朝廷が倒幕を考えるはずなどございませぬ。そして、それに従う外様大名もおりますまい」

「…………」

黒田伊勢守の話に、鷹矢は反応しきれなかった。

「……で、ではなんのための勘定吟味でござる」

鷹矢は尋ねた。

「脅しでござる」

「……脅し」

予想していなかった答えに、鷹矢は絶句した。

「いつでも朝廷の金を取りあげられるぞという脅し」

「むうう」

黒田伊勢守の説明に、鷹矢はうなった。

「禁裏付の仕事は、朝廷と幕府の仲立ちなどではございませぬ。禁裏付は、朝廷を、公家衆を脅すためにある」

なんの感情もない声音で、黒田伊勢守が宣した。

「ゆえに、勘定改めはいたさねばなりませぬ」

「それはわかりましたが、なにをいたせばよろしいのか」

混乱した鷹矢は、どうすればいいのかと尋ねた。

「毎夕、ここに六位の蔵人《くろうど》の一人が、帳面を持って参りまする。それには本日の勘定が記されておりまする」

黒田伊勢守が説明を始めた。

「それを見るのでござるな」

「いいや。見るだけでは効果がござらぬ」

鷹矢の確認を、黒田伊勢守が否定した。

「見て、いくつかをこちらにある帳面へ写していただきたい」

黒田伊勢守が懐から一冊の帳面を出した。

「これは……」

受け取りながら、鷹矢は怪訝な顔をした。

「紙を綴《と》じただけの簡単なものでございますがな。ここに、なんでもよろしい。蔵人が持ってきた勘定帳の中身を抜き出して写す。それが仕事」

「ちゃんと見ているぞという、示威行為」

鷹矢があきれた。

「でござる。まあ、どこまで意味があるのかはわかりませぬが、代々続いてきたもの。それを断ち切るには相応の理由が要りましょう」

黒田伊勢守が述べた。

「たしかに」

幕府も役人でなりたっている。何かをするにせよ、終わらせるにせよ、何人かの役人が動かなければ始まらない。そして役人を動かすには、それだけの理由が必須であった。

「では、よろしいかの。明日よりお願いいたしますぞ」

鷹矢から帳面を取りあげて、黒田伊勢守が引き継ぎを終えた。

三

松平周防守の家中たちは、与えられた長屋で旅の疲れを癒した。

長屋といっても、幕臣のそれも役人が使用するだけあって、風呂などもあり、下手な宿よりも贅沢《ぜいたく》であった。

「さて、ご一同」

朝餉《あさげ》がすむのを見計らって、用人の佐々木が長屋に来た。

「お疲れもとれたでありましょう」

「おかげさまで、十分休息をいただいた」

小田が代表して礼を述べた。

「けっこうでござる。では、お話をさせていただきましょう」

首肯した佐々木が、一同を見回した。

「ご貴殿らには、とある旗本を襲っていただきまする」

「旗本を……」

「なにっ」

佐々木の発言に、藩士たちがざわついた。

「お静かに」

佐々木が一同を制した。

「ご説明を願えましょうや」

小田が硬い表情で求めた。

「今より、お話しいたす。ご静聴をくだされ」

騒ぐなと佐々木が釘を刺した。

「旗本というのは、禁裏付の東城典膳正でござる」

「禁裏付でござるか」

小田だけでなく、松平周防守の家臣全員が怪訝な顔をした。

「ご存じなくて当然でござる。禁裏付は、有名無実どころか、無名無実の役目でござる。禁裏、公家たちの目付役と申せばおわかりでございましょうが、今どきの朝廷に、なにができるはずもなく、ただ毎日を過ごすだけ」

佐々木が語った。

「そのような者を、なぜに襲うのでござろう。失礼ながら、我らは因幡守さまのつごうで……」

最後までは言わなかったが、松平定信以外のことで動く気はないと小田が告げた。

「ご懸念あるな。もちろん、東城は越中守のかかわりでござる。東城は、今上さまが太上天皇称号をご実父さまに差し上げたいとのご内意を漏らされてから、禁裏付になった者。それも公儀御領巡検使として山城国にある朝廷領を監査した直後でござる」

「それは……」

小田も驚いた。

「しかも、今回の異動も越中守の推挙によるもの」

「ふむうう。つまり、その東城某《なにがし》という旗本は、越中守の走狗《そうく》」

「さよう」

小田の言葉を佐々木が認めた。

「東城は、越中守が朝廷になにかを仕掛けるため送りこんだものでござる」

佐々木が断言した。

「わかり申した。東城を討てば、越中守の策を潰すことができるのでござるな」

「まさに、まさに」

理解した小田に、佐々木が膝を打った。

「しかし、我らは東城の顔はもちろん、剣の腕がどのていどかなど、なにも知りませぬ。教えていただけような」

「もちろんでござる。国崎《くにさき》、これへ」

小田の要求を受けて、佐々木が声をあげた。

「…………」

無言で国崎と呼ばれた家臣が入ってきた。

「この者は、当家で足軽目付を務める国崎と申す」

「よしなに」

紹介された国崎が頭を下げた。

「この者が、ご一同をご案内つかまつる。国崎、後は任せる」

佐々木が席を立った。

「えっ……」

あっさりと去っていった佐々木に、松平周防守の家来たちが呆気《あっけ》にとられた。

「用人佐々木は、多忙でござれば、失礼させていただきました」

国崎が詫びを口にした。

「用人どのはご多忙であろう。お気になさるな」

居候している状態である。小田が気にしていないと応じた。

「かたじけなし。では、早速にお出《いで》を願おう」

「どちらへ」

一礼してたちあがった国崎に、小田が問うた。

「東城の顔、居場所、移動経路をご確認いただく」

「おう。それは重要である。皆、参るぞ」

小田が腰をあげた。


丸太町通りを東へ進み、烏丸《からすま》通りをこえた辺りから、北側に公家屋敷が並ぶ。

「これが公家衆さまのお屋敷か」

若い藩士が何とも言えない顔をした。

御所からもっとも南に離れるこのあたりは、下級公家が多い。数百石に満たない下級公家の屋敷だと、田舎の藩士の家よりも小さい。

「京は土地がござらぬうえに、六位以下の公家では屋敷を維持するほどの金も……」

国崎が答えた。

「ではございますが、この辺りの公家衆で従六位、一筋向こうになれば、従五位がざらでござる」

「我が主君と同格……」

若い藩士が驚いた。

「それが公家でございまする。金も力もないが、名前だけはある」

「名誉や格にこだわるということでござるな」

国崎の意図を小田が読んだ。

「まあ、ご貴殿たちが、公家衆と直接会われることはないと思われまするが、一応、お心に留めておいていただきたい」

釘を刺すように国崎が言った。

「承知した。皆もな」

小田が仲間の顔を見た。

「突き当たりを左へ」

話している間に、丸太町通りの行き当たりまで来ていた。

国崎が先導した。

「あれは……大きい」

若い藩士が息を吞んだ。その先、左に広大な屋敷があった。

「仙洞御所でござる」

国崎が告げた。

「仙洞御所……前の帝がお住まいになられるという」

「さすがによくご存じでござるな」

答えた小田に、国崎が感心した。

「仙洞御所は、およそ二万三千坪ほど、洛中では二条城、所司代下屋敷、御所に次いで大きなものでござる」

国崎が説明した。

「さて、御一同。仙洞御所に見とれておられるが、その真向かいを注目願いたい」

「向かい……」

小田たちが目を右へと動かした。

「仙洞御所の前に、周囲より少し大きな屋敷がござろう」

「あのほぼ真正面のやつじゃな」

国崎が指さす先を小田が確認した。

「さよう。あれが禁裏付役屋敷でござる」

「あそこに目標が」

小田が目をこらした。

「禁裏付の屋敷は二つござる。一つがあれで、もう一つは相国寺門前。東城は、こちらにおりまする」

国崎が述べた。

「あそこから毎日、東城は御所へと通っておりまする」

「御所はどちらで」

あたりを見回して小田が尋ねた。

「ご案内いたしますが、さすがに八人もの武家が揃って動けば目立ちまする」

「そう言われてみれば……武家の姿がない」

言われて小田が気づいた。

「江戸だと武家がいて当たり前。しかし、京では、珍しい。よく辺りをご覧なされ」

「辺りを……」

若い藩士が、周りを見回した。

「……あっ」

「お気づきであろう。皆が、我らを見ておりまする」

国崎が言った。

さすがにこちらは武家である。目が合えば逸《そ》らすとはいえ、こちらに注目しているのは気配でわかった。

「上がっていたか……」

小田が嘆息した。

「無理もござらぬ。ここは天下の京でござるからな」

気をうわずらせていたと反省した小田を国崎がなだめた。

「いや、恥ずかしい限り。で、どういたせば」

小田が気持ちを切り替えた。

「二人ずつで参りまする。まず拙者とどなたかが先頭に立ちまする。その後を五間

（約九メートル）空けて二人、また五間で二人、さらに五間で残りお二人。小田どのは殿をお願いしたい」

「承知した」

国崎の指示を小田が認めた。

「では、ご同道願おう」

若い藩士を誘って国崎が歩き出した。

「禁裏付役屋敷の様子をよくご覧あれ。ただし、さりげなくでござる」

「……あああ」

助言を受けて、穴が空くほど屋敷を睨んでいた若い藩士が慌てた。

「…………」

国崎が小さく息を吐いた。

「仙洞御所の角を左へ、見えましたな。あれが御所でござる」

「……意外と」

「塀が低いでござろう」

若い藩士が黙った続きを国崎が続けた。

「平安の昔から、御所の塀はこの高さだそうでござる」

歩きながら、国崎が言った。

「さて、まもなく門が見えて参りまする。門には禁裏付の警固がござる。決して立ち止まって、なかを覗《のぞ》かれぬよう」

行動の軽い若い藩士に、国崎が忠告した。

「承知」

若い藩士が緊張した。

ゆっくりと御所の南を過ぎて国崎は足を止めた。

「お待たせをいたした」

最後の一組の小田が到着した。

「いかがでござった」

国崎が感想を求めた。

「短《みじこ》うござるな」

難しい顔で小田が答えた。

「禁裏付役屋敷から、御所まで、走ればあっという間でござる」

小田が首を左右に振った。

「襲ったところで逃げられると」

「さよう」

確かめた国崎に、小田が首肯した。

「どうなさる」

国崎が問うた。

「お答えする前に、いくつか聞かせていただきたい」

「なんなりと」

小田の求めに、国崎が応じた。

「ここに止《とど》まって話をするのも目立ちましょう。所司代役屋敷まで戻りましてからで」

国崎が一同を促した。


与えられていた長屋に戻った国崎たちは、車座を組んだ。

「さて、お聞きになりたいこととはなんでござる」

国崎が話を促した。

「まず、禁裏付の御所出務と退出の刻限をお教え願いたい」

「禁裏付は、朝五つ（午前八時ごろ）に参内、七つ（午後四時ごろ）に屋敷へ戻りまする」

小田の質問に国崎が答えた。

「つぎに、御所の門には、絶えず警固が」

「おりまする」

「人員は」

「与力一人、同心五人でござる」

「そのていどならば、我らの敵ではござらぬ」

国崎の告げた人数を聞いた若い藩士が勢いづいた。

「控えろ、中川。御所に刃を向けることになるぞ」

小田が若い藩士を叱った。

「…………」

中川と呼ばれた若い藩士が浮かせた腰を落とした。

「禁裏付の屋敷にはどのていどの人員が詰めておりましょう」

「家々によって違いまするが、見たところそう多くはございませぬ。武家身分は二人ほどしか確認されておりませぬ」

さらに訊いた小田に、国崎が伝えた。

「千石ならば、軍役に従えば二十三人……江戸屋敷に半分残したとして、十二人か」

小田が呟いた。

「いえ、東城家は五百石でござる。禁裏付になったことで足高されて千石でござる。足高は、役にある間だけのもの。なくなることを考えれば、家士の数は五百石のままでございましょう。五百石ならば十三人、京へ連れてきていても五人から六人」

国崎が首を横に振った。

「そのていどならば、どうにかできるな」

小田が同僚を見た。

「打ちこみましょう」

中川が勢いこんだ。

「いや、さすがは周防守さまの御家中でござる。お見事なお覚悟」

国崎が褒めた。

「念のために申し添えまするが、禁裏付役屋敷の後は、禁裏付組屋敷でござって、そこに与力十騎、同心五十人が住まいいたしておりまする」

「むうう……そやつらが加勢すれば、数で負けるの」

小田が慎重になった。

「京洛に詰めておるような与力、同心など軟弱でござろう。我らの敵ではございませぬ」

一人中川が気炎を吐いた。

「…………」

その相手をせず、小田が思案に入った。

「御所の門には与力、同心が詰めている……禁裏付役屋敷には加勢がある」

小田が腕を組んだ。

「どちらに逃げられても面倒なことになる」

「逃がしませぬ」

中川が言った。

「少し黙っておれ。考えの邪魔だ」

「…………」

また小田に叱られて、中川が黙った。

「やはり、行き帰りを襲うのがよろしかろう」

しばらくして小田が口を開いた。

「仙洞御所の北、禁裏付役屋敷の南の二手に分かれて待機、禁裏付がその間に入ったところで挟み討ちにする」

「なるほど。で、どの辺りをお考えか」

手立てを聞いた国崎が、考えている戦闘場所を問うた。

「御所と禁裏付役屋敷の中間、仙洞御所北東の角。ここならば御所からは見にくく、禁裏付役屋敷からもあるていどの距離がある」

小田が述べた。

「けっこうでござる」

まず国崎が策を褒めた。

「配置はどのように」

詳しい話を国崎が聞きたがった。

「御所へ逃げ戻られては面倒ゆえ、北から四人で押さえこむつもりでござる」

小田が説明した。

「それはいかがでござろうか」

国崎が難しそうな顔をした。

「どこが悪うござる」

「禁裏付とはいえ、武士でござる。もし、襲われたとしても、できるだけ任に影響が出ぬようといたすはず。決して弱みを他人に、ましてや配下に見せたいとは思いますまい」

「それはそうでござるな」

小田が国崎の言葉に同意した。

「ふむ。ということは、襲われても御所には向かわぬとお考えか」

「…………」

確かめるように問うた小田に、国崎は無言で肯定した。

「人員の配置を逆にいたそう。南から北へと追いあげるような布陣」

「お見事なる手立てかと」

小田の策を国崎が認めた。

「いつなさる」

「さようでござるな。何度か禁裏付の様子を見て、歩く速さや経路をいつ通るかなどを確認してからとなりましょう」

下調べをしてからだと、小田が答えた。

「わかりましてござる」

国崎が納得した。

「それでは、なさる前に拙者へお報せを願いたい」

「承知した」

やるときは同道するといった国崎に、小田が首肯した。

四

朝廷の金の出入りは口向《くちむき》と称されていた。他にも口向の意味は広く、朝廷の表である儀式などは関係ないが、天皇の生活の場である奥のほとんどを含んだ。

「本日のぶんでおいやす」

六位の蔵人が、金銭米穀出入り帳を鷹矢の前で拡げた。

「拝見する」

鷹矢は帳面に目を落とした。

「これは……」

小さく呟きながら、鷹矢は帳面の一行を、用意していた綴じた和紙に写した。

「なんぞ、おましたかいな」

蔵人が和紙を覗きこもうとした。

「いや」

すばやく鷹矢は和紙を引いた。

「……なんですねん」

目の前で和紙を引っ込められた蔵人が鼻白んだ。

「気にせんでくれ」

「なに言うてはりますねん。目の前で抜き書きなぞされたら、誰かて気にしますがな」

蔵人が文句を言った。

「なんの項目ですねん。それくらい教えてくれても」

蔵人が強請《ねだ》った。

「なに、ちょっとしたものの購入項目だ」

「そんなもん、わかってますがな。その帳面は購入したものの報告でっせ」

鷹矢の答えに、蔵人が反論した。

「そうだったな」

生返事をしながら、鷹矢は次の行を筆写し始めた。

「一個やおまへんのか」

蔵人が驚いた。

「気になるところは全部だな」

鷹矢は筆を動かし続けた。

「…………」

目つきを蔵人が変えた。

「……うむ」

すべてを写した鷹矢が帳面を蔵人に返した。

「ご苦労であった」

鷹矢が終わりを宣した。

「典膳正はん」

立つそぶりもなく蔵人が呼んだ。

「なんじゃ」

鷹矢が応じた。

「なにを考えてはりますねん」

蔵人が真剣な声で訊いた。

「どういうことだ」

質問の意味がわからないと鷹矢は首をかしげた。

「今までの禁裏付はんは、決まりごととして一行から数行だけ写してはりましたんや」

しっかりと禁裏付の意図は蔵人に見抜かれていた。

「大炊介はんなんぞ、一行選ぶのも面倒くさかったんやろうなあ。いつも最初の一行を抜いてはった」

「…………」

西旗大炊介の行動に、鷹矢はあきれた。

「それを典膳正はんは、すべて写しはった。新任で気張ってはるとも考えられるけど、ちと違う気が」

　もう一度蔵人が鷹矢を見た。

「口向のことを監査するのも禁裏付の任であるからな」

　鷹矢は仕事をしているだけだと告げた。

「さいですか」

　蔵人があきらめた。

「退出してよいぞ」

　鷹矢は帰れと命じた。

「ほな、これで」

　帳面を手にして、蔵人が立ちあがった。

「ああ、そなたの名前は」

　思いついたように、鷹矢は尋ねた。

「六位蔵人の橘《たちばな》栄《さかえ》で」

　蔵人が名乗った。

「覚えておこう」

鷹矢は橘栄を見た。

「ほな」

橘栄が去っていった。

「…………」

追うように鷹矢は、立ちあがった。廊下へ出て、日記部屋へと向かった。

「御免」

日記部屋の襖を開けて、鷹矢はなかを覗いた。

「伊勢守どのは」

「先ほどお帰りにならはりました」

残っていた仕丁が答えた。

「さようか」

そう言って鷹矢は、もう一人の仕丁を見た。

「……違う」

日記部屋の仕丁は二人とも鷹矢の探している土岐ではなかった。

「土岐はどうした」

鷹矢は訊いた。

「土岐はんでっか。本日は湯屋当番のはずで」

「湯屋当番……御常御殿におると」

「へい」

鷹矢の確認に仕丁が答えた。

「そうか。ご苦労であった」

仕丁に軽く手を挙げて、鷹矢は武家伺候の間へと戻った。

「しまったの。連絡の取りかたを決めておかねばならなかった」

鷹矢はため息を吐いた。

「いたしかたないな」

刻限を過ぎて、禁中に留まることは許されなかった。

鷹矢は荷を纏《まと》めた。

禁裏付に宿直《とのい》はなかった。使番には三回に一度宿直があり、その日は夜着を持ちこんだが、禁裏付は当番勤務だけで泊まらずともよい。手にしている荷は、弁当箱だけであった。

京に来てから新しくものをなかなか購入できていない鷹矢は、旅の間に使っていた弁当箱を今も用いていた。両手の手のひらを会わせたくらいの大きさで、檜の板を組み合わせた弁当箱はさほど量は入らないが、食べ終わった後分解すれば平たい板のようにできた。

行きは片手を塞ぐが、帰りは折りたたんで懐に仕舞える。鷹矢はこの便利さが気に入っていた。

「今夜の番は何組だ」

内玄関を出る前に、鷹矢は武者部屋に顔を出した。

「本日は、三、伍、壱でござる」

宿直の与力が答えた。

「立川は非番か」

顔見知りの与力のことを鷹矢は問うた。

「さようでございまする。昨日から五日の休みに入りましてございまする」

「そうか。ご苦労であった。今夜も頼んだ」

鷹矢は宿直番の与力をねぎらって、内玄関を出た。

禁裏を出た鷹矢は、いつもの順路を取って役屋敷へと向かった。本来ならば供の侍を二人、小者を三人従えていなければならないが、まだ十分に人手が確保できていない。なにより屋敷まで近いのだ。角一つを曲がれば見える。

鷹矢は一人で歩いていた。

「………」

すぐに鷹矢は気配に気づいた。

「付けられている……」

背中に人の目を鷹矢は感じていた。

遠くから見つめられて、なんとなく気づくことは誰にでもある。これは人の目には力がこもるからであった。

「目を付けると剣術では言う」

かつて鷹矢の師匠阪崎兵武が言ったことがあった。

「相手の目を見るな。格下ならば問題ないが、相手がおぬしをはるかに凌駕《りょうが》する腕であったときは、射竦《いすく》まされる。目の放つ力に負けて身体が動かなくなる。こうなればあとは据えもの斬りになる」

据えもの斬りとは、土壇《どだん》に置かれた藁《わら》や棒、死体などを斬ることである。刀の試し切りの手段として使われた。そこから相手が動かず、反撃もしてこないことを据えもの斬りと呼んでおり、必勝、あるいは必敗を意味していた。

「目に力が……」

鷹矢は師匠の話が理解できなかった。目で人を倒すなど、夢物語か伝説だとしか思えなかった。

「わからぬか、ならば実演してやろう」

阪崎兵武が、鷹矢の後に回った。

「……わっ」

鷹矢の背筋に悪寒が走った。

「感じたであろう。では、木刀を構えよ」

今度は正面に立った阪崎兵武が、鷹矢に命じた。

「はっ」

鷹矢は青眼に構えた。

「儂の目を見ろ」

「はい……」

言われて阪崎兵武の目を見た鷹矢は、その炯々《けいけい》たる光に引きこまれた。

「……動いてみよ」

しばらくして阪崎兵武が指示した。

「…………」

鷹矢は動けなかった。

「これが射竦めじゃ。ついでじゃ、仕上げも喰らわせてやろう」

固まった鷹矢に、さらなる射竦めを阪崎兵武がかけた。

「かっ……くっっ」

やがて鷹矢は呼吸さえもできなくなった。鷹矢が息を吸おうとすれば、その瞬間阪崎兵武の木刀が揺れるのだ。揺れる木刀の先から、殺気が鷹矢へとぶつけられる。すると身体が緊張する。そして緊張は身体の筋を固め、呼吸を阻害する。

呼吸は胸の肉を拡げて吸い、狭めて吐くの繰り返しである。そして、人は息を吸うときに力を入れられない。息を止めないと力が入らないのだ。阪崎兵武に対応しようと無意識に身体は反応する。結果、鷹矢は息ができなくなった。

「えいっ」

呼吸が上がる寸前の鷹矢に、阪崎兵武が裂帛《れっぱく》の気合いを浴びせた。

「ううん」

耐えられないところまで来ていた鷹矢は、その気迫に打たれて意識を失った。

「……天井」

目覚めた鷹矢が最初に見たのは、道場の天井であった。

「気づいたな。どうだ、一度死んだ気分は」

少し離れたところで、阪崎兵武が笑っていた。

「参りましてございまする」

阪崎兵武の言いたいことを鷹矢は理解した。勝負の最中に気を失うなど、論外である。もし、先ほどの稽古が真剣勝負ならば、鷹矢は死んでいた。

「わかっただろう。人の目の恐ろしさが」

「はい」

鷹矢は首肯した。

「目を意識せよ。多人数に囲まれたときでも、相手の目から出る気配に注意していれば、どやつからかかってくるかがわかる。修行を積んで見抜けるようになれば、偽りの気と本気の差もわかるようになる。さすれば、空蟬《うつせみ》の術などに惑わされることもなくなる」

阪崎兵武が教えた。

空蟬の術とは、斬りかかると見せかけて、相手の対応を誘る。あるいは、見せ太刀を使って、相手の体勢を崩すことなどをいう。実ではなく虚を扱う。これを空蟬と呼んだ。

「まちがいなさそうだ」

背中に目を感じた鷹矢は、歩きながら探った。

「付いてきている……」

偶然行き交う人が、鷹矢の姿に興味を覚えて見ているといったものではないと確信した。

「一つではないな。いくつかまではわからぬ」

鷹矢はさりげなく、左腰に目をやった。

衣冠という公家装束を鷹矢は身につけている。いつものように腰に両刀はない。ただ太刀だけが、指貫の腰ひもに吊《つ》されている。

「…………」

気づいていると教えてしまえば、状況が変わるかもしれなかった。鷹矢は早足にならないように注意しながら、仙洞御所の角を曲がった。

「巡検使のときと同様……」

鷹矢は苦く口の端をゆがめた。

仙洞御所の角を曲がると禁裏付役屋敷は指呼の間になる。

「……開門」

鷹矢が叫んだ。

「おかえりいいい」

なかから門番の応答が聞こえ、門が開かれた。

「今日ではなかったか」

安堵の息を吐きながら、鷹矢は役屋敷へと入った。

# 第五章　もう一人の女

## 一

人は己の安全を確保できたとき、本当の恐怖を思い出す。

「……お顔の色が悪うございます」

出迎えた温子が、鷹矢の様子に気づいた。

「…………」

無言で鷹矢は、居室へ向かった。

「お着替えを」

いつものように着替えを手伝おうとした次郎太を鷹矢は制した。

「よい。己でする」

「……はっ」

次郎太が下がっていった。

「くっ」

冠をむしり取った鷹矢の手が震えていた。

「また命を狙われるのか……」

鷹矢は崩れるように腰を落とした。

「浜名、山城……そして京」

三度目の危機到来に、鷹矢はうなだれた。

「弓、そして鉄炮と来た。今度はなにが」

最初に浜名湖を渡る湖上で襲われたとき、敵は弓を持ち出してきた。次に山城では、鉄炮が使われた。どちらも飛び道具である。こちらの武器が届かない、はるか遠いところから一方的に攻撃できる。

泰平の世、戦など絶えて久しい。武芸も実戦を想定したものから、教養へと変化している。剣術の修行からも、弓矢鉄炮への対応が消えている。普通の武家ならば、死ぬまで飛び道具と相対することなどない。

なにもできず、攻撃を耐えるだけという恐怖は、鷹矢のなかに染みこんでいた。

「……吾は一人だ」

二度の戦いには、強力な護衛が付いていた。徒目付の霜月織部《しもつきおりべ》、津川一旗の二人は、剣の腕だけでなく、戦場度胸もすさまじいものであった。

いかに襲われたとはいえ、人を斬るのは難しい。かつて武家は敵の首を獲って出世した。

だが、これは乱世だからこそ許された。泰平になれば、武ではなく法がすべてを支配する。

幕府も武力ではなく、法で天下を統《す》べている。そして、法は人を殺すことを禁じていた。

刀を腰に帯び、子供のときからその振り方を学ぶ。今でも武家はこれをならいとしている。しかし、その刀を振るって、人を斬れば咎《とが》めを受ける。この矛盾を武家は受け入れざるをえなかった。

結果、剣術は書と同じく武家の教養へと変化した。

「刀を抜くな。人を斬るな。家が潰れる」

旗本は子供にそうたたきこむ。無礼討ちなど認められないのだ。武士が町人を無礼討ちにできるのは、唯一、主家が嘲弄されたときだけで、己の名誉など唾《つば》を吐きかけられようとも耐えなければならない。

武士は主家のためにある。忠義こそ幕府の根本である。武士のすべては主家に捧げられていなければならない。つまり、死ぬことさえ主家のためでなければならないのだ。それが、己の矜持《きょうじ》を優先しては、忠義が崩れる。

結果無礼討ちは成りたたず、己のために刀を抜いた者は相手の生き死ににかかわらず、改易された。

「なにがあっても耐えよ。決して刀を抜くな」

鷹矢も父親から、そう言われ続けてきた。刀を抜いたことさえない鷹矢にとって、飛び道具は恐怖の象徴であった。

「明日からどうする」

今回、鷹矢の側に二人の徒目付はいなかった。

「家士を連れていっても、被害が増えるだけだ」

鷹矢の家は代々使番から大番組、書院番組などへと転じていく番方筋である。とはいえ、家臣たちに武術の達者を抱えているわけでもなく、用人の三内を筆頭に剣術などやったこともない連中ばかりであった。

「盾として使うことはできようが……」

家臣の命を使い捨てにできるほど、鷹矢は冷酷にはなれなかった。譜代の家臣たちは、鷹矢が生まれる前から、東城家に仕えている。子供のときの鷹矢の傅育《ふいく》をしてくれた三内など、親代わりであった。

「敵があきらめるまで、病気と称して引きこもるか」

役人にも病気療養は認められていた。

さすがに年の単位での休養は許されないが、一カ月くらいならば職場へ出なくなっても黙認される。

「いや、それを越中守さまは見過ごされまい」

鷹矢は朝廷を松平定信が抑えるための先兵として送りこまれた。その先兵が逃げ出すことはできなかった。

逃げればまちがいなく東城家は潰される。老中首座にとって五百石の旗本など、路傍の石よりも軽い。

「人を雇う……」

腕の立つ男を護衛代わりに雇い入れて、外出するのがもっとも安全な方法であった。

「……伝手がない」

食材の買いものでさえ、温子に頼り切っている状態で、用心棒を手配することは難しかった。

「……どうすればいい」

鷹矢の思案は袋小路に入っていた。

「落ち着かれて」

ふいに鷹矢の頭が柔らかいものに包みこまれた。

「……温子どの」

いつのまにか近づいていた温子が、後から鷹矢の頭を抱えこむようにしていた。

「誰も入るなと命じたはずだ」

「聞いておりまへん。次郎太はんを下がらせただけ」

咎めた鷹矢に、温子が柔らかい口調で反論した。

「………」

言いこめられて鷹矢は詰まった。

「ゆっくり息を吸って」

温子の指示に、鷹矢はつい従って息を吸った。途端に温子の着物に薫き込まれている香りが鷹矢を満たした。

「…………」

香のなかにかすかに温子の匂いが混じっていた。

「落ち着かれやす」

すっと温子が前に回り、あらためて鷹矢の顔を胸にあてた。

「な、なにを」

後頭部に当たっているときはそれほど思わなかったが、目の前にあると胸の膨らみがよりわかり、鷹矢に温子の女を意識させた。

「お静かに。今は、あきまへん」

鷹矢の抵抗を、温子は許さなかった。

「わたくしが落ち着かれたと判断するまで、離しまへん」

温子が京言葉で宣した。

「落ち着いた。落ち着いたぞ」

力ずくで女を突き放すわけにはいかない。鷹矢は大丈夫だと繰り返した。

「まだですえ。息が荒《あろ》うおす」

温子が否定した。

「…………」

鷹矢はあきらめた。ゆっくりと呼吸を繰り返した。

「……どないしはりましたん」

ようやく温子が、鷹矢の頭を離した。

「それが素か」

鷹矢は温子の口調の変化を尋ねた。

「貧乏公家の娘でございますれば」

すっと温子が、もとに戻った。

「…………」

京言葉のときと、いつもの口調ではまったく別人であった。肩の張り、背筋の伸ばしかたまで、違っていた。

鷹矢は女の変化に驚いた。

「どちらがよろしゅうございますか」

温子が訊いた。

「素がよい」

思わず、鷹矢は答えてしまった。

「はい」

ふたたび温子の表情が和らいだ。

「なにがおましたん」

温子が問うた。

「それは……」

鷹矢は口ごもった。

「もうあきまへんえ。いまさら強がりはっても……男はんは、女の前でだけ弱音を吐いてよろしいねん」

温子が小さく首を左右に振った。

「お武家はんのことは、よう知りまへんけどな。公家も臣の前では強がらなあかんのです。そのぶん、女の前では情けのうなりますねん」

「そうなのか」

鷹矢が確認した。

「男はんは、なんぼ偉《え》ろならはっても女には勝てまへん」

堂々と温子が胸を張った。

「……なぜだ」

一瞬、先ほど顔に当たっていた柔らかい感触を思い出して、温子の胸を見た鷹矢だったが、あわてて目を顔へとあげた。

「今上さまも将軍さまも、女から産まれますえ」

誇らしげに温子が述べた。

「たしかにそうだが……」

「東城さまもお母さまには頭が上がりまへんやろ」

まだ納得していない鷹矢に、温子が言った。

「あいにく母は、拙者が幼い間に死んだので、わからぬ」

鷹矢は告げた。

「それは……」

悼ましそうに温子がうつむいた。

「だが、お陰で落ち着いた」

鷹矢は温子を慰めた。

「よろしゅうございました。ところで、お帰りのときからご様子がおかしゅうおしたけど、なんぞお禁裏でございましたので」

話を温子が戻した。

「いや、禁裏ではなにもない」

鷹矢が否定した。

「となれば、お帰りの途中……お禁裏からここまでは、ほんに近い。その間で……」

温子が首をかしげた。

「後でも付けられたとか」

「なんだと」

鷹矢は温子の聡《さと》さに驚いた。

「そうでおましたんか。ちとごめんやす」

不意に温子が立ちあがって出ていった。

「どうしたのだ」

鷹矢はとまどった。

「……戻りました。一応、門から外を覗いてみましたけど、なんもおかしなことはおまへんでした」

「見てきたのか。危ないというに」

温子の言葉に、鷹矢は目を剝いた。

「大事おまへんえ。もし、東城さまを狙っているんやったら、わたくしをどうこうするはずおまへん。そんなことしたら、鷹矢さまが警戒しはりますやろ。それにわたくしになにかあれば、鷹矢さまも動きやすおすやろ」

「…………」

温子の肚の据わりに、鷹矢は息を吞んだ。

たしかに、温子が襲われでもしたら、鷹矢は京都所司代、京都町奉行所へ訴え出る。禁裏付が二条家から預かっている温子に危害が加えられた。これは幕府への敵対行為になった。当然、襲撃者たちへの探索はおこなわれる。

「所司代はんに、助けを求めはったらよろしいのでは」

温子が口にした。

「所司代が動くであろうか」

鷹矢は疑問を持っていた。

かつて山城で襲われた話を戸田因幡守に伝えたが、いまだになんの報告も受けてはいない。所司代が老中への階梯《かいてい》役でしかないと鷹矢も理解している。なにごともなく過ごせば、次は老中なのだ。へんに手柄を立てようとして、失策を犯すより、なにもせず無事を選ぶのが所司代であった。

「……ほな、義父に相談してみましょか」

松波雅楽頭へ助力を求めてはどうかと、温子が提案した。

「雅楽頭どのにか」

「はい。義父は京で顔が広うおす。いろいろなところに伝手がおますよって、なにか報してくれると思いますえ」

温子が話した。

「…………」

公家にこのことを知らしてよいかどうか、鷹矢は悩んだ。

「ほなこうしましょ。東城さまからではなく、わたくしの願いとして義父を訪ねてみます」

「そこまでしてもらうわけには」

温子の厚意に鷹矢は手を振った。

「気にしはらんと。これくらいしてみせな、なんのために置いてもろうてるかわかりまへんよって。ちょと出てきます」

ほほえみながら、温子が腰をあげた。

「あっ……」

鷹矢は止めようとして手を伸ばしかけておろした。

「温子どのの願いならば……」

それならこちらに傷がつきにくいと思ってしまったのである。

戦国のころならば、日が暮れてから女の一人歩きなど、とんでもない話であった。

まず、一丁（約百十メートル）も無事では歩けない。まちがいなく攫《さら》われて、酷い目にあった。

しかし、今の京は幕府の威光で、女の一人歩きでも、さほど問題はなくなっていた。

「御免をくださいませ」

すでに夜になっている。他家を訪問するに常識を外れていたが、松波雅楽頭の養女になった温子にとって、二条邸は実家とも言えた。

「どうした」

出迎えた松波雅楽頭が、立ったままで問うた。

「さきほど……」

温子が語った。

「典膳正を襲う者が……」

聞いた松波雅楽頭が難しい顔をした。

「………」

黙って温子が松波雅楽頭の反応を待った。

「どうするかの。使えそうな話じゃ。よくぞ訊き出した」

松波雅楽頭が温子を褒めた。

「いえ」

温子が謙遜した。

「で、そろそろ十日をこえたが、閨ごとはすませたか」

松波雅楽頭が温子を見つめた。

「…………」

「意外と役立たずであったな。今のことも睦言で聞いたと思ったが……」

沈黙した温子に松波雅楽頭が冷たい声を浴びせた。

「申しわけもございませぬ」

温子が詫びた。

「おまえの役目をわかっているな」

「はい。禁裏付を籠絡すること」

問われて温子が応えた。

「女が男を籠絡といえば、一つしかなかろう。それを承知の上で、付いてきたのだろう」

松波雅楽頭があきれた。

「わかっておりまするが、なにぶん、相手のあることでございまする」

温子が言いわけをした。

「それくらいどうにかせよ。夜ばいをかけるなり、いくらでも手法があろう。女に裸で迫られて、なんもせぬ男などおるものか」

公家には夜ばいの習慣がまだ残っていた。もっとも、男が女のもとへかようのが普通であり、女から男へ迫るのはあまりあることではなかった。

「…………」

温子が黙った。

「まあいい。ちょうどよい機会である」

「よい機会……」

言われて温子が首をかしげた。

「そなたに心許したのだろう。今夜、典膳正の寝所へ忍べ」

「……今夜」

温子は息を呑んだ。

「わかったな」

「……はい」

厳しく命じられて温子が首肯した。

「ところで雅楽頭さま、東城さまを狙う者についてはいかがいたしましょう」

「むっ」

話を戻された松波雅楽頭が詰まった。

「二条に武はない」

血を見ることを汚れとして嫌う公家、五摂家はその代表である。五摂家の当主は官位経歴の途上で一度は中将職に就くとはいえ、配下に武家を持つわけはなかった。

「では、どういたしましょう。雅楽頭さまにご相談してみればよい智恵がと申しましたが……」

「言われてもの」

松波雅楽頭が困惑した。

「では、なにもなさらぬでよろしゅうございましょうか」

対応を温子が確認した。

「そのまま伝えるなよ。適当に言いつくろっておけ。腕の立つ人物を捜しておくとかな」

苦い顔で松波雅楽頭が告げた。

## 二

気が付かなかっただけで、温子はしっかり見張られていた。

「ここは……今出川御門の北となれば、二条家か」

松平周防守家臣の小田が、温子の入った屋敷を確かめた。

「小田どの、禁裏付と二条家は繋がっているのでござるか」

同行していた若い中川が、落ち着きをなくした。

「であろうな。戻るぞ」

これ以上見ていても意味はないと、小田が踵《きびす》を返した。

「気づかれたとはわかっていたが……」

歩きながら小田が表情を曇らせた。

鷹矢の御所へ行き交う経路を確認するために後を付け、屋敷まで見送ったのだ。その後、女が門から出てきて、辺りを見回したとあれば、後を付けていたことを気取られたと考えるのが当然である。それゆえ、京都所司代屋敷へ帰るのを遅らせ、禁裏付役屋敷を見張っていたら、その女が出てきた。そして、後を付ければ、二条邸にたどり着いた。

「面倒になるやも知れぬ。用人の佐々木どのか、足軽目付の国崎どのにご相談せねばならぬ」

「二条さまが動かれる前に、たとえば、明日にでも禁裏付を襲ってはいけませぬか」

若い中川が逸った。

「いや、それはまずい」

考える間もなく小田が否定した。

「なぜでござる」

中川が納得できないと迫った。

「今日の明日でやってみろ。二条さまに異常がやはりあったと断定させることになる。二条家は五摂家の一つ、京都所司代さまもおろそかにできぬお方じゃ。もし、二条さまから下手人について要望があれば……」

「我らを引き渡しかねないと」

小田の言葉に中川が唾を呑んだ。

「そのようなまねできようはずもございませぬ。我らの後には京都所司代さまがおられる。我らも黙って売られはしませぬ。我らを売れば、己の首を絞めましょう」

中川が、こととしだいによっては、戸田因幡守の名前を出すことも厭《いと》わないと述べた。

「愚か者」

小田が中川を怒鳴りつけた。

「な、なにを」

その剣幕に中川がおたついた。

「そのようなまねをしてみろ。今度は戸田因幡守さまは、主君松平周防守さまを巻きこむぞ」

「あっ……」

言われて中川が気づいた。

「主家の名前が世間に出てみろ。松平家は断絶、我ら家臣一同は路頭に迷うことになる。そして、その原因となった我らは、皆から恨まれる。江戸に残した家族たちがどうなるか、それくらいはわかるだろう」

「申しわけございませぬ」

叱られた中川が、己の浅さを反省した。

「そうならぬように、戸田因幡守さまに話をしておくのだ。最初から話を通しておけば、しっかりと逃げ道も用意してくださるだろう。戸田因幡守さまも、主君周防守さまを道連れにできるとはいえ、己も破滅する目には落ちたくないはずだ」

「はい」

中川がうなずいた。

京都所司代の夜は早い。御所のように所司代役屋敷の表門は、同心たちによる夜通しの警固がなされるがそれも形だけで、屋敷のなかははやばやと眠りに就く。

「申しわけないが、国崎どのに」

深更にはいたっていないとはいえ、刻限は四つ（午後十時ごろ）に近い。よほどでなければ、他家を訪問すべきではない。だが、一刻を争うと小田は国崎の長屋を訪れた。

「……いかがなされた」

国崎が起きてきた。その後には同じ足軽目付が三人続いていた。

足軽目付はその名のとおり身分が軽い。主の京都所司代赴任に選ばれるほど信頼されているとはいえ、家族を同伴することはできない。また、一人で長屋を占有できるわけもなく、同役四人で住んでいた。

「よろしいのか」

後にいる人影を小田が気にした。

「大事ござらぬ。皆、同役。事情は知っておりまする」

国崎が保証した。

「ならば……」

小田が事情を語った。

「二条さまのもとへ」

額にしわをよせた国崎が、後の同役を見た。

「なにか知っておるか」

「いいや、拙者は知らぬ。おぬしはどうだ」

「吾も聞いたことがない」

「あいにく」

三人の足軽目付が首を横に振った。

「足軽目付は藩内の監察が役目ゆえ、どうしても外のことまで手が回らぬ」

国崎が言いわけをした。

「では、どなたにお伺いすれば」

「佐々木さまにお話をなさるべきだ」

問うた小田に国崎が応えた。

「よろしいかの」

遅いが訪問してよいのかと小田が確認した。

「ご用人は、屋敷のすべてを預かられる。夜中の推参もお咎めにはならぬ」

国崎が問題ないと告げた。

「では、すぐに」

「拙者もお供しよう。用意をするまで、しばしお待ちあれ」

国崎が長屋の奥へ引っこみ、身形を整えて戻って来た。

「お待たせした。こちらでござる」

先に立って国崎が進んだ。

「ここが佐々木どののお長屋でござる」

「立派な……」

国崎が立ち止まった長屋は、屋敷といってもよいほどの規模であった。

「佐々木どのは、京に在しているなかでもっとも上位の家臣でござる」

驚く小田に国崎が言った。

用人は家老、中老、組頭などに次ぐ地位である。これらが門閥と呼ばれる名門譜代家臣によって占められているのに対し、実務を担当する用人は身分ではなく能力で選ばれた。

主の遠国赴任に、家老職が供しないという慣例もあり、戸田因幡守の京都における家臣団では、最高位であった。

「足軽目付国崎、火急の用件でお目通りを願う」

冠木門を国崎が叩いた。

「承った。ただいま主に報告いたしますゆえ、お静かに」

門番が、近所迷惑は止めてくれと言って、奥へ走った。

「……どうぞ。玄関を入って右の座敷でお待ちくださいませ」

すぐに門が開かれ、一同は客間へ通された。

「待たせた」

夜着のままで佐々木が出てきた。

「火急の用件とのことゆえ、無礼を承知でこのまま対応させてもらう」

礼儀として佐々木が一言詫びた。

「いえ、こちらこそ遅くに申しわけございませぬ」

小田が代表して謝罪した。

「で、なにがござった」

「本日、禁裏付の行動を……」

国崎にしたのと同じ説明を小田がした。

「二条邸へ、禁裏付の女中が入った……ふむう」

聞いた佐々木が思案した。

「二条家が動いているという報告は受けていたが……」

「どのようなものか、お伺いしても」

国崎が尋ねた。

「女を探しているという噂を耳にした」

「……女を」

京に詳しくない小田が首をかしげた。

「ああ、公家はときどき女を求める。もちろん、己のものとするためというときもあるが、そのほとんどは、道具探しじゃ」

「女を道具として、なにかを得ようと」

「そうじゃ」

小田の読みを佐々木が認めた。

「見目麗しい女を探し出して、養女なり猶女なりとして今上帝のもとへ差し出す。あるいはかかわりを消したまま操って、他の公家へ送りこみ、そこの内情を調べさせる」

佐々木が述べた。

「なるほど。では」

「二条家が女を禁裏付へ送りこんだ。やはり二条さまも、禁裏付が越中守の意図を受けて来たとお考えのようだ。その女が、二条家へおぬしたちのことがあってから、入った。ここから考えられるのは……」

「我らの気配を悟った禁裏付が、どう対応しようとしたかを二条家へ報告しに」

小田が口にした。

「二条さまは、我らの味方ではないが、同じ禁裏付を敵にすると考えても」

国崎も述べた。

「いや」

佐々木が首を横に振った。

「味方だと言いながら、敵というのが公家だ。表だけを見ていては、痛い目に遭う」

「裏を読めと」

それくらいならば、武家でもある。関ヶ原の小早川秀秋を例に出すまでもなく、武家で寝返りは当たり前の行為であった。

「裏だけではない。さらにその向こうまで見すえて対応せねばならぬ」

もう一段読みを深くしろと佐々木が言った。

「では、二条さまはどのような意図で禁裏付のもとへ女を……」

小田が尋ねた。

「おそらくは松平越中守の指示を朝廷へ持ち出される前に知るためであろう。相手がなにを言ってくるかわかっていれば、対応しやすくなる。表に出る前に抑えたり、対抗手段を執るなどな」

「今宵のもそうだと」

佐々木の考えを小田が確かめた。

「であろうが……一筋縄ではいかぬでの。国崎、誰か一人を二条家に張り付けておけ」

「はっ」

命じられた国崎が首肯した。

「我らはどういたしましょう」

小田が鷹矢への襲撃を延ばすかどうかを訊いた。

「そうよなあ……」

佐々木が悩んだ。

「おぬしたちが京にいると誰かに気づかれてはまずい。となれば、一日でも早いほうが良いとは思う。が、もし二条家が禁裏付と手を結んでいたら、罠《わな》になりかねぬ」

佐々木が険しい表情になった。

「二日、二日だけ待て。その二日で二条家の動きを見る。国崎、そなたも二条家を見張れ」

「先ほど、一人出せと仰せでございましたが、わたくしもでございますか」

国崎が確認を求めた。

「もう一人の足軽目付は、二条邸に出入りする者を見張らせよ。誰が入って、どのくらいで出てきたかを記録させておけ。そしてそなたは二条家家司の松波雅楽頭の見張りを命じる」

「松波雅楽頭……」

「二条家の内証を取り仕切っている当主の懐刀だ。壮年で身の丈は五尺二寸（約百五十六センチメートル）ほど、肉付きは痩せぎす」

「……承りましてございまする」

特徴を国崎が記憶した。

「これでよいな。今宵《こよい》は遅い」

「はっ」

「お邪魔をいたしました」

寝ようと言った佐々木に、国崎と小田がうなずいた。

松波雅楽頭から夜這《よば》いを命じられた温子は、自室として与えられた部屋で端座していた。

「身体を使って落とせ……と言われた」

温子が呟いた。

武家以上に、公家の女の貞操は重視された。公家の女は少なくとも嫁に行くまで、ぜったいに未通女でなければならなかった。これは、血筋に疑いを持たれないための必須条件であった。名門公家の正室に、男の影がちらつくなど論外であった。もちろん、実際に閨を共にしてみれば、その疑いは晴らせるとはいえ、もう温子はそこにさえいられなくなった。

禁裏付へ差し出されたという段階で、温子の貞操は破られたものとして扱われる。そんなことはなかったとはいえ、証明できないのだ。閨へ侍ろうにも、それさえ認められない。

当たり前である。唯一の確認方法である閨ごとだが、そのためには疑いを晴らさなければならない相手と身体を重ねなければならないのだ。そこで、違ったではないかとなったところで、すでに既成事実はできてしまっている。たった一度の確認のためとはいえ、男の精が温子の身体に入る。これをもって、男の血筋だと言い張れた。

もちろん、そのていどのことで跡継ぎとして認められはしないが、無下には扱われない。少なくとも五摂家ならば、口止めを兼ねた金なり利得なりを与えなければならなくなる。

「覚悟はしていた」

温子は肩を落とした。

「わたくしの操と引き替えに、南條家の三人が助かる。父《とう》はんが、蔵人にならはったら、余得も出世も望める。さすれば、姉はんだけでも公家の女として生きられる」

南條家には男子がいない。いずれ路子に婿を迎え、家を譲ることになる。このとき、父南條弾正大忠が、蔵人であれば婿のなり手も出てきた。どころか、蔵人は人気の役目である。南條家よりもかなり格上から婿を迎えることも可能である。さすれば、婿の実家の引きも狙える。当主の最高位が慣例になる公家である。今以上に官位が上がれば、南條家の未来は子々孫々まで安泰であった。

「それもわたくしが禁裏付はんを籠絡できたらや」

温子も公家の娘である。松波雅楽頭の話が、そう甘くはないと思っている。父の蔵人への推薦は、成果が出てからになると温子は見抜いていた。

「…………」

温子が瞑目した。

「……いく」

目を開いた温子が決意をした。

禁裏付の役屋敷とはいえ、灯《あか》りをふんだんに使えはしない。廊下の角に常夜灯が置かれているていどであった。

廊下を進み、鷹矢の居室になっている書院の手前まで来た温子は、目の前に人影を認めた。

「……誰っ」

温子が息を呑んだ。

「わたくしでござる」

「その声は、三内さま」

影は東城家の用人、三内であった。

「このような深更に、殿へなにか御用でございますかの」

三内が飄々《ひょうひょう》とした声音で訊いた。

「…………」

温子が黙った。

厠《かわや》への言いわけは通じなかった。男と女では使用する厠を区別している。女用の厠は、温子の部屋から見て、鷹矢の書院の反対側であった。

「あなたさまが、どのような思惑で主にお近づきになられたか、わたくしにはわかりかねます。なにより、あなたさまは、今現在当家にとってなくてはならぬお方でございまする。しかし、それは東城家に、禁裏付という役目に、なにより主に害を及ぼさないという前提が絶対でございまする」

「…………」

黙っている温子を無視して、三内は続けた。

「もし、あなたさまが害をなそうとされるならば、この老骨、命をはってでも立ちふさがりましょう」

三内が告げた。

「東城さまのためになるならば……」

温子が口を開いて問うた。

「……………」

今度は三内が無言で、道を空けた。

「よろしいのでございますか」

夜中に女が男のもとへ忍ぶ。なにを目的にしているかは明白であった。

「そろそろ殿にも余裕ができてよろしいころかと」

三内が応えた。

「今宵は失礼いたしましょう」

温子は固い言葉遣いで一礼した。

「……どうして」

今夜夜這いに来るとわかった理由を温子が訊いた。

「殿と松波さまの表情を見ていれば気づきまする。松波さまは、二条さまへお行きになる前と、帰ってこられてからの顔色が明らかに違いました」

「それだけで……」

「歳の功というやつでございますよ。長年、家士や小者、女中どもを差配しておりますと、自ずから身につくもの」

あきれる温子に三内が笑った。

「ご無理はなさいませぬよう」

部屋へ帰ろうとして背を向けた温子に、三内が声をかけた。

「無理をせねば、生きていけぬのでございまする。端公家は」

振り向くことさえなく、温子が述べた。


若年寄安藤対馬守信成には悲願があった。

「減知された家禄を旧に復する」

安藤対馬守が家督を継いですぐ、家は美濃加納六万五千石から、陸奥《むつ》磐城平《いわきたいら》五万石へと減転封させられていた。

これは安藤対馬守ではなく、父信尹《のぶただ》のせいであった。信尹は藩財政が窮迫しているにもかかわらず、奢侈《しゃし》な生活を好み、領民たちから多額の年貢を取りあげた。家臣たちの諫《いさ》めも聞かず、乱脈を尽くした結果、領内で一揆が発生、幕府の知るところとなった。結果、信尹は隠居を命じられ、安藤家は咎めを受けて封禄を削られた。

「封を戻し、旧領へ帰る。そのためには出世をせねばならぬ」

安藤対馬守は、領地磐城平が松平定信の領地白河に近いことを利用して接近し、その配下となり、奏者番、寺社奉行、若年寄と順調に出世してきた。

「老中になれば……」

若年寄になって四年、そろそろ先が望めるころあいであった。

もちろん、老中になったところで、減知が回復されると決まったわけではない。しかし、長く老中を務めれば、その労をねぎらうという形でなんらかの恩賞がくだされる慣例がある。

「少しでも長く老中を……」

長く務めるには、その地位にできるだけ早く就かなければならない。

安藤対馬守は焦っていた。

「女を用意せよ。千石高の旗本の妻としてふさわしい女をだ」

松平定信に命じられてから、安藤対馬守は留守居役へ捜させていた。留守居役は藩の外交を一手に担う。藩主の息子や娘の縁談相手を捜すのも留守居役である。安藤対馬守の人選は正解であったが、自藩のことでないだけに難航していた。

「余の娘では釣り合わぬ。かといって家老ごときの娘では不足である」

安藤対馬守は咎めを受け減封されたとはいえ、五万石である。本知五百石の東城家へ娘を嫁がせるわけにはいかなかった。なにより安藤対馬守には娘がいなかった。

また安藤家の家老は千石内外の禄である。え、陪臣でしかない。陪臣の娘と旗本との婚姻がないわけではなかったが、その場合どこかで縁がなければ難しかった。

「まだ見つからぬのか」

安藤対馬守が、留守居役を集めて叱りつけた。

「当家の存亡にかかわるとわかっているはずじゃ」

「……お言葉ではございまするが、他家の姫をいきなり、禁裏付の嫁にとは申せませぬ。それも縁談が確定されているというならばまだしも、相手にはなにも知らされていないというのでは、首を縦に振ってなどくれませぬ」

留守居役の一人が言いわけをした。

「孫左か」

安藤対馬守が、留守居役をにらみつけた。

「しかも禁裏付を虜《とりこ》にするほどの容色の娘となりますれば、そのような不安定なまねをせずとも、望むところに嫁入れましょう。出戻りだとか、嫁遅《いき》れなどでよろしければ、まだどうにかなりましょうが」

開き直ったのか、孫左と呼ばれた留守居役布施孫左衛門が続けた。

「その抗弁、越中守さまにできるか」

「………」

主君に言われた孫左が黙った。

「そなたに娘はおらぬのか」

ふと思いついたように安藤対馬守が、孫左に問うた。

「おりまするが……」

「ふむ。なら、その娘を二千石ほどの旗本の養女にすればよい」

「な、なにを仰せでございまするか。娘弓江《ゆみえ》はすでに嫁入り先が決まっておりまする」

孫左が首を強く横に振った。

「どこにだ。他藩か」

「いえ。家中の組頭矢上どのの嫡男と婚約が」

「矢上の息子か。それならば破談にいたせ」

「そんな……」

藩主が認めなければ、家臣の婚姻はできなかった。

「ところで、娘は美形か」

「いえ、とてもお目にかけられるほどではございませぬ」

孫左が否定した。

「まちがいないか、そなたたち」

安藤対馬守が、他の留守居役たちに確認した。

「それは……」

「あの」

留守居役たちが孫左のほうを窺いながら口籠《くちご》もった。

「ここでの偽りは許さぬ」

厳しい声で安藤対馬守が、留守居役たちを叱った。

「……江戸屋敷一と言われておりまする」

「矢上の息子が一目見て気に入り、日参して婚約にたどり着いたとか」

留守居役たちが口々に述べた。

「おぬしたち……」

なんとも言えぬ顔で、孫左が同役たちを責めた。

「余を騙《だま》すつもりだったのだな。孫左。許さぬ。捜し出せなかった責を取れ。そなたの娘を我が一門の旗本安藤信濃の養女とせよ」

「無茶な。娘はあと一月で嫁ぐはずでございましたのに。なにとぞ、なにとぞ、ご容赦くださいませ」

泣くような声で、孫左がすがった。

「ならぬ。藩の行く末がかかっておるのだ」

無情に安藤対馬守が、孫左の願いを切り捨てた。

「御一同」

孫左が、諫言《かんげん》してくれとの願いをこめて同役を見た。

「…………」

しかし、全員が目さえ合わさなかった。他の留守居役にとって、一人の娘が犠牲になることで、困難な役目から離任できるのだ。

孫左の味方はどこにもいなかった。

「誰か」

安藤対馬守が、手を叩いた。

「はっ」

すぐに下座の襖が開いて、近習《きんじゅ》が顔を出した。

「ただちに孫左の長屋へ行き、娘を連れて参れ。あと組頭の矢上を呼び出せ」

老中を狙おうというだけの気概を持つだけに、安藤対馬守の動きは迅速《じんそく》であった。

「あああ」

孫左はなんの手も打てなかった。

「嘆くな。当家が旧高に復したあかつきには、そなたを千石の家老職にしてくれる」

「千石……」

「家老」

黙っていた留守居役たちが、主君の言葉にざわついた。

留守居役は藩の外交を担当する関係上、接待などの遊興が認められていた。藩の金で吉原に通うことさえも許されている。当然、藩の勘定方には嫌われているし、他の藩士からの評判も悪い。また、留守居役はなによりも人脈が価値であるだけに、長く務めるのが常であり、ほとんどの場合、隠居するまで留まり続けた。

言い換えれば、それ以上の出世がないのだ。さらに本人の隠居後が厳しかった。幕府役人や他藩の留守居役、豪商などを接待するには、それなりの機微がいる。酒だけではなく、詩や俳句、茶道にも心得がなければならない。いきなり息子を留守居役の跡継ぎとはいかない。どころか下手をすれば、現役のときの不始末などを問われて、国元へ帰されたり、禄を減らされたりするときもある。

留守居役はやっている間だけ華という厳しいものであった。

その留守居役から上への引き上げを安藤対馬守が、口にした。加増だけでなく、家老職への就任も約束したのだ。これが大きかった。

家老は藩の頂点である。政だけでなく人事も恣《ほしいまま》にできる。そう、吾が子を部屋住のまま藩主近習や、勘定方へ就任させられた。それこそ、己の隠居までに、息子をあるていどの地位まで引きあげることができる。

留守居役たちが表情を変えたのも当然であった。

「殿、わたくしめにも娘が二人おりまする。嫁入りの決まった女を使わずとも」

「おぬしの娘は、そっくりな顔をしているというではないか。とてもそれでは殿のお眼鏡にかなわぬ」

留守居役たちが、口論を始めた。

「……情けない」

安藤対馬守が、あきれはてた顔をした。

「留守居役がこのていたらく故に、父の乱行が御上の耳に入った。こやつらが、しっかりと幕府役人どもを押さえていれば……」

安藤対馬守が嘆息した。

三

狙われているといったところで、証拠があるわけでもない。

京都所司代や京都町奉行所に訴えるわけにもいかず、鷹矢はいつものように禁裏付役屋敷を出た。

「さすがに人通りのある朝は、来ないだろう」

刺客は他人目《ひとめ》をなによりも嫌う。目撃者が多いと、どこで正体を知られるかわからないうえに、そこから黒幕へたどり着かれてしまってはまずい。

鷹矢は辺りを気にしながらではあったが、いつも通りに禁裏へ向かった。

「おはようございまする」

内玄関を入った武者部屋から、当番の与力が顔を出した。

「異常はなかったかの」

今月は上乃組支配で、武者部屋へ声をかけなくてもよいが、最初に下乃組支配をしたこともあり、安否を問うのが癖になっていた。

「なにもございませぬ」

当番与力が平穏であったと答えた。

「うむ。本日も油断せずにの」

声をかけて鷹矢は、武者部屋の向こう、日記部屋へと入った。

「伊勢守どのは、まだお見えでないか」

「へい」

仕丁がうなずいた。

「土岐……」

鷹矢は驚いた。どうにかして連絡を取ろうとした仕丁の土岐が日記部屋にいた。

「後ほど」

前回同様、土岐がここではまずいと告げた。

「うむ。では、用部屋へと参る」

うなずいた鷹矢は、上乃組支配の武家伺候の間へと移った。


一日、暇を潰すだけで終わった鷹矢は、いつもより早めに武家伺候の間を出た。

「お帰りか」

日記部屋へ立ち寄った鷹矢を、黒田伊勢守が出迎えた。

「はい。用もすみましたので」

「ならば、少しよろしいかの」

黒田伊勢守が、鷹矢を招いた。

「なんでござろう」

できるだけ日のある人通りの多い間に帰りたいと願っている鷹矢であるが、先達の言葉には逆らえなかった。

「いや、蔵人が泣きついてきおっての。ご貴殿、勘定帳を丸写しにしているらしいが」

「はい。任に従っておるだけでございまする」

「拙者は数行でよいとお話ししたと覚えておるのだが……」

やりすぎだと黒田伊勢守が注意をした。

「禁中の内証である口向《くちむき》は、禁裏付の監察を受けまする。くわしく内容を吟味するのもお役目のうちかと存じまする」

鷹矢は正論をもって対抗した。

「……むうう。たしかにそうなのだが、今までなんの問題もなくきておるのだ。今更波風を立てずともよろしかろう」

朝廷と幕府はすでに手を取り合う仲である。黒田伊勢守は、禁裏付がもめ事の発端になるのはまずいと言った。

「禁裏付は、目付でござる。煙たがられるほどでちょうどよいかと」

鷹矢は、先日の蔵人が黒田伊勢守に泣きついたと読んでいた。

「……やりすぎられぬように」

黒田伊勢守が折れた。鷹矢の言うことはまちがっていない。

「どれ、呼び止めて先に帰るは、いささか気が咎めまするが、お先に」

さっさと黒田伊勢守が座を立った。

「……典膳正どのよ」

日記部屋を出かけたところで、黒田伊勢守が足を止めた。

「あまり越中守さまに肩入れなさらぬことだ。ここは京。越中守さまは決して来られぬ地。その意味をお考えなされ」

黒田伊勢守が言うだけ言って、日記部屋を出て行った。

「決して来られぬ……」

鷹矢は黒田伊勢守が口にしたことの意味をはかりかねた。


幸い、帰りも不審な気配は感じずにすんだ。

「いかがでございました」

玄関で待っていた温子が様子を訊いた。

「問題なかった」

「それはよろしゅうございました」

鷹矢から冠を受け取って、温子が後に続いた。

「お着替えを」

さりげなく温子が後ろに回り、指貫に手を添えた。

「次郎太は……」

まともな武家は女に身の回りのことをさせない。鷹矢はいつも着替えを手伝っている次郎太を捜した。

「次郎太はんに、買いものをお願いしました」

留守だと温子が告げた。

「では三内に」

「御用人はんは、お忙しいようですえ」

二人きりになったとたん、温子のしゃべり方が変わった。

「……むう」

そこまで言われてはしかたない。忙しい用人を呼びつけるのも気が引けた鷹矢は、温子の手伝いで指貫と袍を脱ぎ、小袖に小倉袴の軽装になった。

「今宵の夕餉は、若狭の汐《しお》さばを焼いたものと根深の汁でおす」

衣冠をたたみながら温子が教えた。さすがに公家の娘だけに、面倒な衣冠をすばやく片付けた。

「汐さば……」

海の近い江戸では、あまり汐さばを口にしなかった。

「お嫌いどすか。おいしおすのに」

温子が首をかしげた。

「塩が利きすぎておらぬか」

鷹矢は京に来て、閉口していることの一つに食いものがあった。薄いのだ。なにを食べても味が薄く、米のおかずとしてものたりない。ただ、魚だけが、別であり、逆に塩が利きすぎてもとの味がわからなかった。

「しかたおまへん。京に海はおまへんよって、若狭から運んでこなあかんのです」

「若狭から京までとなると」

「丸一昼夜かかりますえ」

「なるほどな。魚を一昼夜もおいたら腐る。それを防ぐために塩をきつくするのか」

事情を鷹矢は理解した。

「魚を背負って商人が若狭から歩きますよって、お値段が張ります。そうそう口にできるもんやおまへん」

　値段が高いと温子がため息を吐いた。

「幸い、今日の分は、商人が売れ残りを安うしてくれましたので」

温子が無駄遣いではないと報告した。

「では、膳のご用意を」

　一礼して温子が下がっていった。

「松波雅楽頭どののことを言わなかったな」

　ふと鷹矢は温子が昨日二条家へ行った話をしていないと気づいた。

「……………」

　鷹矢は温子の対応を考えた。

「殿さま」

　三内が鷹矢の思案を邪魔した。

「どうした」

「先日の仕丁どのが、お出でてでございまする」

土岐が来たと三内が述べた。

「通せ」

「ごめんやす」

鷹矢が許可を出すなり、土岐が入ってきた。三内の後に付いてきていたようであった。

「…………」

「玄関で待つのもなんですよって。どうせ、会えますやろ」

勝手にあがりこんだことを咎めるような目で見た鷹矢に、土岐が笑った。

「……で」

鷹矢は許すとは言わず、話を促した。

「東のお方は、せっかちでいかんわ。もうちょっと余裕を作らはらんと、思わぬところで足掬《すく》われまっせ」

土岐があきれた。

「いいから、用件を」

思い当たることがあるだけに、鷹矢は不機嫌になった。

「怖い、怖い」

おどけながら土岐が報告した。

「今度の禁裏付はんは、世間を知らんと評判ですな。今まで一行やった帳面写しを、全部やってはるそうで」

「役目だからの」

揶揄《やゆ》するような土岐に、鷹矢は答えた。

「せやから表だっては、抗議できまへんねん。まあ、そろそろねきから手が回りますやろ」

「ねき……」

わからない言葉に鷹矢が首をかしげた。

「ああ、坂東では使いまへんか。横からとか、他からとかいった意味ですわ」

土岐が説明した。

「それならば、先ほど伊勢守どのより言われたわ」

「さいですか。で、止めはりますか」

「いいや」

鷹矢は否定した。

「次は、中納言さまでっせ」

武家伝奏広橋中納言が出てくると土岐が述べた。

「広橋さまが、このていどのことに口出しを」

「慣例でっさかいなあ。一行写しが。慣例破りを許していると、どんどん食いこんできますやろ」

一つ譲れば、さらに侵食してくるだろうと土岐が口にした。

「他にもあるのか」

「いろいろおますで。まあ、それはおいおいと。まずは一つずつしっかり片付けていきまへんと、中途半端になりまっせ」

「むっ」

正しい指摘に、鷹矢は詰まった。

「なぜ、帳面をすべて写すのが嫌なのだ」

「まず、手間がかかりますやろ。そのぶん、蔵人が帰れまへん」

問うた鷹矢に土岐が答えた。

「帳面係の蔵人だけやおまへん。他の蔵人も帳面に書かれていることにはかかわってますねん。なんか禁裏付はんから苦情がでたら、対応せんならんですやろ」

「そのていどのことで」

多少遅れるくらい役人として当然のことだろうと、鷹矢は驚いた。

「蔵人はんには蔵人はんの用がおますねん」

「どのような用だ」

「……言いまんのか」

土岐が渋った。

「聞かせてもらわねば、どうしようもあるまい。理由がなければ、怠慢として御老中さまへご報告申しあげることになる」

「五年先でっせ」

禁裏付が江戸へ帰るのは五年に一度と決められていた。

「越中守さまが、それほど気が長いと思うか」

「言われても知りまへんわ。たぶん、死ぬまで会うこともおまへんやろし」

脅すように言った鷹矢に、土岐が手を振った。

「むっ」

鷹矢が詰まった。

「まあ、よろしおます。雇われてる身でっさかいな。申しあげまひょ。蔵人たちは、御用商人たちとの宴席に向かうんですわ」

「御用商人だと」

「へい。ご存じですやろ、御所へ品物を納めている商人たちがおることを」

「それくらいはわかる」

天皇が口にしたり、使ったりするものである。値段が安いからと適当な店で購入するわけにはいかない。品物に絶対の信用が必須である。信用は一朝一夕でできるものではなく、何年もかかる。当然、御所出入りになるには、相当な年数が要った。

幕府の権威が薄い京や大坂で、御所御用を務めるという信頼は大きい。御所出入りというだけで、客がくる。

「御所出入りを取りあげられたら、たいへんですがな。となれば、かかわりの深いお方をもてなしますやろ」

「それが蔵人だと」

「はいな。今上さまの日常を差配する口向は、蔵人はんのもんでっさかいな」

土岐が首肯した。

「しかし、毎日接待があるわけではなかろう」

「そらそうです。いくら米、味噌、魚、衣服、紙、筆と種類があっても、毎日は無理でんな」

鷹矢の言葉に、土岐がうなずいた。

「なぜ、毎日遅くなるのを嫌がるのだ」

「わかりまへんか。勘定帳面のすべてを抜き書きされて困るんは、誰ですやろ。ああ。蔵人はんもそうですけど、それ以外ででっせ」

土岐が問題を出した。

「……御用商人か」

「さいですわ。ものの値段が全部書かれてますやろ。あまり禁裏付はんは値段をご存じないから、どうでもええいうたらそうなんですけど、御用商人のなかには気にするお人もいてはりますよって」

「なるほどな」

鷹矢は飲みこんだ。

「ご苦労だった」

すぐに写してきた紙を調べたくなった鷹矢は、土岐に帰れと告げた。

「へいへい。ほな、また」

「ああ、待て。今後、そなたに連絡したいときはどうすればよい」

立ち去りかけた土岐に、鷹矢は尋ねた。

「五日に一度、帰りに寄りますわ」

そう言って土岐が鷹矢のもとを離れた。

「さてと……」

禁裏付屋敷を出た土岐が、御所へと歩き出した。

「主上にお報せせんとあかんな。あの禁裏付は使いようによっては、ええ道具になると」

土岐がちらと振り返った。

「お客はんは、お帰りやしたか」

夕餉の膳を捧げて温子が戻ってきた。

「ああ」

応えながら、鷹矢は和紙の綴《つづ》りを取り出した。

「冷めてしまいますえ。後にしはったら」

先に食事をすませてはどうかと、温子が勧めた。

「…………」

書かれている内容に気を奪われていた鷹矢は、返事をしなかった。

「なにを見てはりますの」

膳を置いた温子が、覗きこんだ。

「……まあ、随分とお高いこと」

温子が驚きの声をあげた。

「……高いとは真《まこと》か」

鷹矢が温子を見た。

「高《たこ》うおす。こんな値段やったら、わたくしは買いまへん」

温子が断言した。

「どのくらい高い」

鷹矢は書付を温子に渡した。

「今すぐに言われても……これ、お預かりしてよろしい。あらゆるものが書かれてますなあ。二、三日いただいてもよろしおすか」

「頼んだ」

鷹矢は温子に任せた。

## 四

翌朝、鷹矢を見送った温子は書付を持って、二条家へと向かった。

「すませたか」

「……いえ」

いきなり問うた松波雅楽頭に、温子は頭を垂れた。

「なにをしている。役立たずが。交代させるべきかの」

氷のような目で、松波雅楽頭が温子を見た。

「閨へ参ろうとしたのでございますが……」

三内に邪魔されたことを温子が語った。

「疑われておるのか」

「わかりませぬが……禁裏付本人からの信頼は受けておりまする」

温子が必死で述べた。

「ほう、抱かれもせず、なぜ言える」

一層、冷たい声を松波雅楽頭が出した。

「こ、これを……」

書付を差し出し、温子が説明した。

「……ほう」

松波雅楽頭は二条家の司としてかなり大きな力を持つが、陪臣のため禁中への出入りはできない。主の代理などで参内しても、すぐに下らなければならないため、事情に疎かった。

「禁裏付の役目を預けられる」

「は、はい」

温子は強く首を縦に振った。ここで松波雅楽頭に見捨てられれば、実家が潰れる。

そして一度武家に差し出された形の温子は、もう公家のなかへ戻ることはできない。

「まあよかろう。二人で仕事するだけで、距離も縮まろうし、ともに苦労すれば情も湧く。男と女の間だ。情が湧けば、あとは身体をつなぐだけ。子供でもできれば、もうこちらのものだ」

「気張りまする」

実家と己の未来がかかっている。温子は真剣なまなざしを松波雅楽頭に向けた。

「……しかし、蔵人は馬鹿ばかりか。こんなあからさまな金額を、よくもまあ、そのまま認めているわ」

家司は武家の用人にあたる。世事に長《た》けていなければつとまらない。松波雅楽頭は京の物価にも通じていた。

「偽らず、しっかりと報告してやれ。しばらくの間、そなたは禁裏付に尽くせ」

「お任せくださいませ」

松波雅楽頭の指示に温子が頭を下げた。

二条家を見張っていた国崎らは、温子が屋敷に入っていくのを確認した。

「あれは禁裏付役屋敷におる女だな」

「うむ」

二人の足軽目付が顔を見合わせた。

「やはり……」

「いや、出てくるのを待とう。早急な判断はよろしくない」

逸る同僚を国崎が宥《なだ》めた。

「出てきたぞ。どうする」

「拙者は松波雅楽頭という人物を見張らねばならぬ。おぬしに頼む」

「承知」

国崎に依託された足軽目付が温子の後をつけていった。

その夜、所司代屋敷で会合がおこなわれた。さすがに戸田因幡守は出ていないが、佐々木が会合をまとめていた。

「あの女だが……二条家が端公家の娘を買い、東城へ与えたものとの確認が取れた。実家は弾正大忠の南條家で、姉妹二人の下らしい」

権限のない所司代だが、人手は多い。佐々木はしっかりと温子の素性を洗い出していた。

「やはり二条家は禁裏付と手を組んだと」

「禁裏付と手を組んだというより、禁裏付を通じて幕府と繋がったのだろう」

小田の問いに、佐々木が応じた。

「二条家が幕府と……」

「近衛に対抗するためであろうな。近衛は六代将軍家宣さま以来、幕府に近い。今も将軍家御台所さまの義理とはいえ、実家だ。いわば、幕府の恩恵は近衛に集中している。それが気に入らぬのではないか。まして、己はまだ五摂家とはいえ、大納言でしかない」

佐々木が推測した。

大納言は御三家の尾張と紀伊の当主が生涯掛けてたどり着く高位であるが、五摂家としては下の下でしかなかった。

「官位がなによりの五摂家だ。二条家が幕府と繋がろうとしたのもわかる」

佐々木が苦い顔をした。

「では、二条家は大御所称号を……」

「認めるつもりだろうな。最終は今上さまのお心次第だが、五摂家の意向は最大に考慮される。いや、無視できぬというべきかの。とくに今の今上さまは、宮家から入られただけに、無理強いがな」

勅意を出しにくい境遇だと佐々木が告げた。

「まずうござるな」

二条が鷹矢を通じて松平定信に手を貸す。もし、大御所称号が許可されたら、その功績をもって松平定信の権威はあがる。

「ああ。大御所称号が認可されたら、上様は越中守をより重用されよう。さすがに大老は家柄が決まっているゆえ、なれぬだろうが……かつての会津藩始祖保科肥後守正之《ほしなひごのかみまさゆき》さまの前例もある。大政委任《たいせいいにん》に就けられるやも」

「大政委任……」

小田が絶句した。

大政委任は、その名の通り幕政を将軍から任された。老中首座、いや、大老でさえ、他の執政衆との合議でなければ、なにもできないのに対し、大政委任は一人でなんでもできた。

「それはまずい。なんとしても阻害せねば」

松平定信が権力を持つ限り、戸田因幡守も松平周防守も、水野出羽守も沈んだままである。藩主が冷遇されている大名の家臣が、浮かぶはずはなかった。

「うむ。明日、よろしいな」

明日、鷹矢を襲うと佐々木が口にした。

「承知。きっと仕留めて見せましょう」

小田が胸を張った。

「後始末は、お任せあれ。禁裏付を仕留められたならば、そのまま浜田へと落ちられよ。我らは粟田口と伏見にだけ人を出しますゆえ」

丹波路は空けておくと佐々木が言った。

「お気遣いありがたく」

逃げ道の算段もついた。小田が満足そうにうなずいた。

品川の宿場は別れを惜しむところであった。

「すまぬな。弓江。家のためじゃ、辛抱してくれ」

安藤対馬守の留守居役布施孫左衛門が、娘に頭を下げた。

「いいえ。お父さまにはなんの責もございませぬ」

弓江が首を左右に振った。

「しかし……」

「悪いのは、禁裏付でございまする」

「……本当にそうか」

断言する娘に、父が問うた。

「家臣がどうして主を恨めましょう」

感情のない顔で弓江が言った。

武士は主君のためにある。それは家族も同じであった。主君から与えられた禄で生きてきた限り、その命がどれほど理不尽なものであっても文句を言わず、従うしかない。

「禁裏付となった東城某さえいなければ……わたくしは幸せな妻であれたでしょう」

弓江が続けた。

「望まれての婚姻こそ、女の誉れ。そう思い作弥《さくや》さまをお慕いいたしてまいりました。ですが、あまりに情けない……」

そこまで言って。弓江が唇を噛んだ。

「……殿から一言あっただけで、婚姻をなかったことにするだけでなく、さっさと別の女を許嫁《いいなずけ》にするなど……あのわたくしを是非に迎えたいと言ったその口で、他の女に婚姻を申しこむなど……」

ぎりぎりと弓江が歯がみをした。

「許してやれ。矢上は安藤家でも由緒ある家柄じゃ。それに傷を付けるわけにはいかぬのだ」

父親が娘を慰めた。

「わたくしが恨んだところで、遠く京からでは届きもいたしませぬ」

弓江が江戸屋敷のある東を見つめた。

「ですので、この恨み辛みを禁裏付にぶつけさせていただこうと思いまする」

「待て、わかっているのだろうな。そなたの任は禁裏付を害することではないぞ。いかに鐘巻流《かねまきりゅう》小太刀目録のそなたとはいえ、刀を使ってはならぬ」

孫左衛門が、娘を宥《なだ》めた。

「承知いたしておりまする。女としての未来《さき》を奪われた仕返しは、禁裏付の心を吾がものとすることでいたす所存。禁裏付をわたくしの夫とし、その出世を支えて……」

「弓江……そなた、まさか禁裏付を使って、殿へ……」

「では、お父さま。ご壮健で。行きますよ。弥々、権太」

顔色を変えた父を残して、弓江は東海道を上った。

「旦那さま、御免くださいませ」

「ご無礼を」

旅の伴として付けられた女中と下男が慌てて弓江を追った。

「気の強《こわ》い娘であったが……いや、弓江を選ばれたのは殿だ。なにがあっても、儂は知らぬ。娘のおかげで家が潰れようが、出世しようがな」

遠ざかっていく娘の背中に孫左衛門は嘆息した。

「達者での」

娘の姿が見えなくなったところで、孫左衛門が反対のほうへと歩き出した。

この作品は徳間文庫のために書下されました。

徳間文庫

禁裏付雅帳㈡

戸《と》惑《まどい》



2016年4月15日 初刷

著者 上《うえ》田《だ》秀《ひで》人《と》

発行者 小宮英行

発行所 株式会社徳間書店

東京都品川区上大崎三―一―一 〒141―8202
目黒セントラルスクエア

電話 編集〇三(五四〇三)四三四九
販売〇四九(二九三)五五二一

振替 〇〇一四〇―〇―四四三九二

印刷 製本 大日本印刷株式会社

21F30b

ISBN978-4-19-894088-1 (乱丁、落丁本はお取りかえいたします)